U0075898

SHO **P** PING
A TING
R ELAXING
T RAVELING
Y ES!

韓良憶的
音樂廚房

韓良憶◎文　侯約柏Job Honig◎攝影

寫在《韓良憶的音樂廚房》出版前夕

　　二十世紀就快走到尾聲的一個秋天，台灣書市上出現了一本乍看難以歸類的書。熟悉西洋古典樂的書店店員光看書名中有羅西尼三字，或許會直覺以為，當然要放在音樂類書架上囉。還好，有更多人搞不清楚「羅西尼」是個人還是道菜，瞥見「廚房」二字，便想也不想，把書陳列在飲食書籍專櫃。

　　這本書叫做《羅西尼的音樂廚房》，是我寫的第一本食書。

　　出書時，飲食寫作在台灣尚未形成如今這眾聲喧譁、山頭林立的熱鬧局面。講白一點，台灣人雖然一直重視吃這件事，但起碼在當時，飲食寫作多少仍被文壇視為雕蟲小技，書市常見的食書多半不是餐廳指南，就是烹飪食譜，飲食文學書不是沒有，卻相對較少，靠著唐魯孫、逯耀東和林文月等前輩講解飲食典故歷史的著作，還有零星的飲食散文作品撐場面，像《羅西尼的音樂廚房》這樣嘗試結合食物和音樂的書，則是聽都沒聽過，遑論看過。

　　現實狀況如此，因此在書出版前，我雖已在《中國時報》的《娛樂周報》寫專欄，在台北愛樂電台主持週末節目，對於這樣一本跨界的書能否得到讀者肯定，卻沒有多大把握，也不想有太多期待，寧可抱著素人心態來面對出書這件事，從頭到尾都覺得這本書大概只會成為書架上絕無僅有的紀念品，供自己老來緬懷、回憶之用。

　　不料，書一上市，就受到注目。嘗試結合美食和音樂的寫作宗旨和精神，在當時的書市算是創舉，某種程度上預示了後來出現於台

灣書市的類型寫作盛況。而我好像也成了所謂媒體寵兒，各式各樣的報刊專欄邀約、媒體採訪紛至沓來，一時之間，我好像真的成了「美食作家」了。

一切都只是因為這一本書，也就從那時開始，希望這本書能有另一個面貌。

初版的《羅西尼的音樂廚房》沒有CD、卡帶，沒有食物照片，連插畫也是寥寥數張，圖案內容甚至與書中提到的菜色無關，著重意境的呈現。這種編排留給讀者自行想像的空間，不能說不好，但我私心仍希望它不只有文字，也有圖和音樂，如此說不定更能讓人體會美食與音樂結合所能帶來的快樂，而分享這在日常生活中俯拾皆是的簡單樂趣，正是我寫作這些文章的初衷。不過，當時我是新作者，不好有太多意見，只好冀望將來有機會重出此書。

然而世事變化無常，就在出書之後一年多，我認識現在的丈夫，開始遠距離的戀情，又過了一年多，索性移居歐洲大陸，展開不一樣的人生。由於時空的轉換，我從單純寫作飲食散文，慢慢寫起旅遊文字，定居荷蘭之後出的書籍遂以旅遊類型為主——儘管我沒忘了這一生最大的熱情——食物，依然在旅遊書中「偷渡」了不少飲食的篇幅。

直到兩年前出版《吃·東·西》，重拾飲食寫作，對飲食類型文字舊情復燃，重出《羅西尼的音樂廚房》這念頭又開始萌芽。心念

一起，一發不可收拾，嫩芽逐漸茁壯，在與食物關係密切的旅遊書《在歐洲‧逛市集》出版後長成小樹，再加上在這一年來不時有舊朋新友當面對我講到這本早已絕版的「處女作」，就連在「噗浪」上，也有識或不識的噗友提出熱烈反響。有的讀友告訴我這本書如何陪伴她走過異鄉伴讀或留學的歲月，有的說這書激發了他對食物與音樂無限可能性的思考，更多的人說，這本書讓他們發覺，其實烹飪和吃飯這件事可以不光是日常俗務，而是生活的樂趣。

我聽著聽著，感動又感恩，感動於自己有過這麼多知音，感恩於這些知音對我這本「少作」的包容和厚愛。最後的一把助力在年初到來，我重返廣播領域，開始在台北Bravo FM91.3和台中的古典音樂台越洋主持節目，播放我喜歡的音樂，其中也有不少正是書中提到樂曲，我總算決定自己不能再拖了，時候到了，我該再度推出這本對我意義非凡的舊作。

最早的構想是，不更動文字，把每道菜餚都拍成照片加在文章後面，再配上CD，做成一本有聲書。這個想法後來被推翻，誰教這年頭，除了我這種守舊派外，大多數人都改從網上下載音樂，連唱片界的好友都搖著頭說：「妳建議的那些曲子壓成CD的話，得好幾張做成一套，太佔空間，上網下載放進MP3 player得了。」這話有道理，我打消了加CD的念頭。

圖片呢，根據我小規模民調，贊成配圖的佔絕大多數，我從善

如流，只是苦了約柏，也就是我的丈夫兼專屬攝影師，平時我這個家庭廚師一做好了菜，夫妻倆即刻可大快朵頤，為了這本書，約柏卻得按捺著飢腸，打光，拍照，事後還得修圖。在這裡，我真的得感謝他為這本書付出的心血和時間。

不過，必須強調的是，我非職業廚師，約柏非專業食物攝影師，因此圖片上的菜餚不見得有餐飲雜誌或烹飪書那麼「美」，但是它們都是真實的，完全未經加工（歐美的專業食物攝影為了效果，有在菜餚上噴蠟或其他化學物質的作法），是我這個愛做菜但廚藝不算太了不起的煮婦，按照書中食譜作法烹調而成，如果我做得出來，那麼大部分讀者只要分得清鹽和糖之區別，炒個青菜也還過得去，就應該也做得出來。如果讀者在烹調和享用這些菜色時，能配上我建議或自己偏愛的音樂，那敢情更好。相信我，那些美好的音符會滲透進入鍋中和碗碟上，讓家常食物變得不凡起來。

呃，至於文字，則是另一回事了。

閱讀舊文時，我偶爾會邊看邊發出怪聲，不是受不了書中某些篇章的愁思或情緒，那些畢竟都曾是我的一部分，我不會否定自己的過去。讓我受不了的，是那些倒－裝－句，我居然忘了自己有過這樣一個愛把中文寫成洋文的時代（我現在偶爾還是會寫倒裝句啦，沒那麼嚴重就是了），考慮良久，決定小幅修改，把我實在太看不慣的一些句法，還有當初引錯的數據資料與零星的校對錯誤，大筆改掉，另

外更新一些因時移事往而不復正確的資訊。不過，原版文字的情緒、感受和想法，我並未更動，就接受以往的那個自己吧。

食譜作法方面，也做了一些調整，主要是舊版上市時，部分西洋食材和香料在台灣市面上並不像如今那麼容易取得，因此我用了不少本土材料來替代，這會兒這種種食材在勤奮又能幹的台灣農民巧手種植下，在一般菜市和超市都買得到，我樂得恢復若干食譜的洋面貌。還有一部分食譜，因為我一做再做，這些年下來，作法多少已有變化，大部分都是更簡化了，然而我相信美味未減，說不定還更好吃。

就這樣，相隔十三載後，在二十一世紀第十個秋季，《韓良憶的音樂廚房》爐火又燃，但盼舊雨新知光臨指教。

二〇一〇年夏末寫於荷蘭鹿特丹

楔子

PART1
湯·醬 Soup & Sauce

PART2
前菜 Appetizer

PART3

主菜 Main course

PART4

甜點 Dessert

附錄

樂聲，在羅西尼的廚房揚起

一八二九年，義大利作曲家羅西尼（Gioacchino Rossini）總算完成他最後一部歌劇《威廉·泰爾》（Guillaume Tell），這不但是出生在亞得里亞海濱佩沙洛市的羅西尼，畢生最嚴肅、深刻的作品，也是他終生最重要的兩部歌劇作品之一，那一年他才三十七歲。羅西尼後來一直沒有再寫歌劇，充其量只肯寫寫輕鬆的鋼琴小品與歌曲。在接下來的三十九年時光中，他忙著享受生活、研究美食，還時常大宴賓客。

羅西尼在巴黎的寓所成了歐洲最光彩奪目的音樂沙龍，每逢星期六，他廣邀仕紳淑女、文人雅士，到他家裡聆賞一流音樂家獻藝，有「佩沙洛天鵝」之稱的羅西尼自己，興致一來也會坐到鋼琴前露個兩手，自娛娛人。

羅西尼始終沒有說明為何在事業達到巔峰時，毅然放下慣常寫歌劇的那枝筆。事隔百餘年，我坐在家中安靜的角落中，傾聽他另一部重要歌劇《塞爾維亞的理髮師》。輝煌的樂聲穿越時空而來，我翻閱著羅西尼留給世人的另一項寶貴遺產——洋洋灑灑的羅西尼食譜，依然猜不出來羅西尼盛年隱退的緣故。不過，說實話，這大概也並不很重要吧。

羅西尼曾揚言「給我一份洗衣店清單，我也可以譜成曲」，這話聽來自負，可翻開他一生的成績單，卻也真自負得有理。羅西尼雖然不像他自己所崇拜的前輩莫札特那樣，是個不出世的超級神童，卻

也十分早慧，少年時期便顯露才情與天分，才十三歲就寫了好些歌曲。他除了鋼琴外，還會演奏法國號、中提琴，在青少年期變聲前，還擔任過劇院歌手。

據說，兒時的羅西尼調皮搗蛋、精力過人，直到十四歲方稍稍收斂好玩的個性，開始比較認真地接受正統的音樂學院教育。羅西尼的不凡，從他選擇誕生在人世的日子也看得出來：他出生於一七九二年二月二十九日，是那種四年才過一次生日的雙魚座。

羅西尼注重音樂的旋律性；悅耳動聽的曲調讓他在二十一歲前，就成了歐洲聞名的大音樂家，每有歌劇推出，立刻就登上各國舞台，連大西洋彼岸的紐約也爭著要上演這位年輕明星作曲家的歌劇新作。

羅西尼最受大眾喜愛的歌劇，應該是輕鬆幽默的《塞爾維亞的理髮師》。有意思的是，這部喜歌劇一八一六年在羅馬首演時，卻是個不折不扣大災難，舞台上意外頻傳，先是有位歌手不慎摔跤，只好邊淌著鼻血邊獻唱，接著又有隻不知從哪兒竄出的大笨貓，旁若無人地上台湊熱鬧，惹得觀眾哄堂大笑。在演出總算落幕後，演員換下戲服，齊赴羅西尼住處，想要安慰這位可憐的作曲家，想不到羅西尼根本沒把這事放在心上，早已回家呼呼大睡，倒教人白替他操了心！

坦白講，羅西尼的音樂固然悠揚動人，卻不算是我最鍾愛的歌劇作曲家（我更喜歡普契尼和威爾第）。不過，羅西尼有項貢獻是古

往今來的音樂家都無法企及的，那就是他留下來的食譜。這位生前享有超級巨星地位的作曲家，進廚房就像置身琴房，悠遊自在，把各式各樣的調味料和食材，當成五線譜上的音符，隨心所欲地混合調配，創製出一道又一道的佳餚美味。

羅西尼最出名的拿手好菜，是至今在歐美餐廳中仍常見的「羅西尼嫩牛排」（Tournedos Rossini），作法大致為：用牛油將腓力牛排煎至半熟，這時如果一刀切下，剖面會呈現閃亮誘人的玫瑰色澤，許諾著肉質的鮮嫩；接著在牛排上鋪上一片烙煎過的肥鵝肝（foie gras），再淋上用葡萄酒醬汁燒煮過的黑松露，這一道奢華的名菜至此大功告成。

閱讀羅氏食譜，發覺他最愛用兩樣食材：鵝肝和松露，即便在十九世紀時，這兩樣也是所費不貲的高貴材料。那肥鵝肝說穿了就是鵝的脂肪肝，是強迫灌食鵝加以填肥才能得出的產品，取出後還得先浸泡在水中或波特酒（port wine）中一夜，然後移至白蘭地與葡萄酒的混合液中醃泡一番，才能烹調端上桌。

有「黑鑽石」之稱的松露比鵝肝還更稀有、珍貴。松露生長在接近樹根、地下十至三十餘公分的泥土中，肉眼看不出，得靠嗅覺靈敏又嗜食此味的小豬或狗代人嗅尋。每年十一月至次年三月天寒地凍時，在法國西南部和普羅旺斯鄉間，偶爾可以見到農夫或獵戶牽著豬仔或小狗鑽進樹林，人家可不是在遛豬、遛狗或打獵，而是要搜尋比

黃金還貴的黑松露。松露光用白水煮煮，聞不出有什麼特別引人之處，一旦和其他材料合燒，立刻芬芳四溢，香氣撲鼻。

　　羅西尼一生錦衣玉食，日子過得輕鬆活躍，是十足的享樂主義者。他大半輩子大吃大喝，竟然七十六歲才過世，在那個時代算長壽了。

關於美食和音樂搭配的一點說明

記得〈羅西尼的音樂廚房〉還只是在報上逐週刊登的專欄時，好幾次碰到人問我，羅西尼是誰？羅西尼廚房又是啥玩意，一家餐廳嗎？

於是就寫了這一篇文章，算是說明一下羅西尼這位大音樂家跟廚房有什麼關係，而這一系列嘗試結合食物和音樂的文字，又為何要取這麼一個「拗口」的名字。

不過，當時自然無法想像，後來台北東區還真出現了一家名叫「羅西尼廚房」的法式餐館，至於店名的靈感是否取材自書名，就不得而知了。

物換星移，我還來不及去這家餐廳嚐嚐鮮，它便已消失在台北街頭；書呢，這會兒倒是以新面目重現江湖了。

一直到現在，我在動手燒菜以前，還是習慣放上一兩張喜歡的唱片，讓樂聲伴著我度過在廚房裡的快樂時光。我喜歡用不同的音樂配合不同的食物，搭配的原則不一定，有些存在著某種邏輯，比方說，香蒜橄欖油義大利麵這道簡單卻美味的麵食，就彷彿由蒜頭和橄欖油交織成的美妙二重唱，在我看來，和艾拉‧費滋潔羅與路易斯‧阿姆斯壯這兩位爵士樂名家合唱的歌曲，算得上天造地設。

有時候沒有什麼大道理，純粹訴諸感性，譬如清涼柔滑的草莓優酪凍，我就覺得非得配上孟德爾頌高貴和諧的《仲夏夜之夢》不可；用新鮮烹調藥草調製的香草檸檬雞排，則絕對得搭配賽門與葛芬柯二重唱的〈史卡波羅博覽會〉，只因為歌詞中有著洋香菜、鼠尾草、迷迭香、百里香這四種香草的名字。

　　有時，卻只是回憶使然。好比說，在燒魚、炒黃豆芽和燉排骨湯這些從小吃慣的江浙和台式家常菜時，我聽的是一九七○年代的英文流行歌曲，只因為我還記得，久遠以前，當我還是個孩子的時候，黃昏時分似睡非睡地躺在北投家中的大藤床上，白色的薄紗窗簾被電扇的風牽動，拂在我裸露的手臂上，有點癢癢的。從國中放學回家的姊姊在另一個房間聽唱片，播放著美國熱門音樂，我聽著那其實一句也聽不懂但悅耳的歌曲，貪婪地聞著廚房裡飄來的一陣陣飯菜香，期待著一家人坐在飯桌上舉箸的歡樂時光。天色慢慢黑了，我坐起來，趴著窗台朝院子裡看，矮樹叢間星星點點的米白色桂花逐漸溶入於陰影中，我是不是該起來開燈了？正想著，不知是爸爸或媽媽，撚亮了臥室門外走道上的燈泡，暈黃的燈光流進房間裡，我躺回枕頭上，感到安全而溫暖……

　　　　　　　　　　——摘自並改寫自舊版代序〈在陽光的季節〉

Part 1

湯・醬　Soup & Sauce

女主唱乾淨透明的歌聲悠然揚起，我隨著空靈的嗓音，開始調拌晚餐要用到的柳橙優格沙拉醬。耳畔是玲瓏剔透的音符，空氣中飄揚著柳橙皮散發的果香，有點酸，有點刺鼻，這讓人昏昏欲睡的炎日午後卻似乎也因而涼快了不少……

和貝多芬同享雲影天光

　　公元一八〇八年，漸已失聰的貝多芬在多瑙河畔的鄉間小屋，寫下他定名為〈田園〉的第六號F大調交響曲最後一個音符。

　　將近兩百年後的一個尋常的早晨，我在台北公寓的小廚房裡，一面切著菜，準備熬煮蔬菜高湯，一面聆聽華爾特（Bruno Walter）指揮哥倫比亞交響樂團灌錄的這首著名的交響樂曲。

　　我每逢被煩躁瑣碎的都市生活壓迫得快喘不過氣時，就格外想念蔬菜高湯清爽淡薄卻不失甘美的滋味，假日得空在家，便站在廚房的水槽前，在嘩啦啦的自來水流聲中，清洗各種蔬菜。

　　我把橘紅色的胡蘿蔔、淺綠色的洋芹一一洗淨切片，去除洋蔥褐金色的外皮並切絲，在大鍋中注入清水，將切好的蔬菜一股腦扔下鍋，撒些洋香菜，開大火煮滾後，轉小火熬個十幾、二十分鐘，蔬菜的味道便應已滲入湯汁中，廚房中彌漫著清甜的香味。我關掉爐火，用濾網隔去菜渣只留清湯，放桌上等它涼了再分裝，有的冷藏，有的冷凍，方便隨時取用。冷藏的話，可以保存五天左右，冷凍的話，兩、三個月也沒有問題。

　　到了冬季，天一冷，口味好像就變重，於是在熬蔬菜高湯時，就另外加點牛肝菇、蒜白或韭蔥（leeks），還有不甜的紅酒。爐火開到小得不能再小了，讓整鍋湯就這樣文火燉上兩小時，也讓那蔬菜與紅酒混合相融而成的香味，隨著氤氳的蒸氣潛入公寓的每個角落。撲鼻的芳香彷彿有鬆弛神經的力量，令我感到溫暖而平靜。

　　材料都來自大地的蔬菜高湯，總是令我聯想起貝多芬歌詠自然的〈田園〉，於是只要一熬起湯，總不忘播放這首交響曲，好像想透

過悠揚的旋律，分享貝多芬對田野的情感。

　　你如果翻閱貝多芬的傳記，可能會發現貝多芬八成不是個快樂的人。他才十二、三歲時就為了分擔家計，到宮廷擔任少年樂師，投入爾虞我詐的成人世界，據說就是那份對田園的戀慕之心，讓終生未婚的樂聖得以解脫日常生活的焦躁與壓力，徹底放鬆。

　　貝多芬如此熱愛田園，或許和童年記憶有關。他從四歲起就被專制又酗酒的父親施以嚴格的音樂教育，還好他在波昂的家離萊茵河不遠，年幼的他只要站在屋後，便可以飽覽如畫的萊茵風景，心情低落時，蒼翠蓊鬱的大自然風光總能讓小貝多芬心靈得到慰藉。

　　貝多芬成年後遷居古老的維也納，成了著名的鋼琴家，他活躍於維也納的樂壇，但始終未忘情田園，每年夏天都要到多瑙河畔的鄉間消暑譜曲。他天天獨自出門，在田野間悠然漫步，坐看雲影天光、草木蟲魚，這位性情暴躁易怒的天才作曲家，就這樣透過與大自然的沉默對話，找到了難得的寧靜與安詳。

　　一八〇九年的春天，貝多芬寫信給他的出版商，清楚說明他譜寫第六號交響樂曲的意圖：

　　「這首F大調交響曲的曲名為〈田園〉交響曲或〈追憶鄉間生活〉。樂曲並不是在描繪什麼，而是在表達我的感覺。」

　　大自然給了貝多芬安定的力量，貝多芬則給了我們〈田園〉交響曲。

🎼 **音樂菜單**

· 貝多芬的〈第六號 F 大調交響曲〉

· 布拉姆斯富田園氣息的一、二號小夜曲也很搭配

· 台灣歌手林生祥的《種樹》則是我近兩年來熬煮蔬菜高湯時也愛聽的專輯。

季節蔬菜高湯

＊夏季蔬菜高湯

材料 （約 1 公升）

- 1顆洋蔥，切絲
- 1根胡蘿蔔，削皮切片
- 1大片洋芹，切小片
- 1小束洋香菜
- 1瓣蒜頭，切片
- 1.5公升清水

🍲 作法

1. 所有材料置大鍋中以大火煮沸後轉小火，不必蓋鍋蓋再煮25至30
   分鐘左右。
2. 熄火，濾去菜渣。

＊冬季蔬菜高湯

材料 （約 1 公升）

- 1小把乾牛肝菇＊
- 4大片洋芹，切小片
- 1根韭蔥或蒜白，切片
- 1根胡蘿蔔，切片
- 16瓣蒜頭，拍扁
- 少許百里香
- 1片月桂葉
- 1杯不甜的紅酒

＊ 若買不到名為Porcini的牛肝菇，就不要加，或用生香菇取代，味道當然會不大一樣。

🍲 作法

同上，但須以文火熬2小時左右。

熱情的番茄冷湯

　　快到端午節的某一天午後，台北盆地上空積聚了厚厚一層凝滯悶熱的空氣，我在家開了冷氣，大聲播放消暑的熱帶風情音樂，當法國歌手兼演員賽吉‧甘斯堡（Serge Gainsbourg）演唱的〈七彩咖啡館〉（Couleur Cafe）傳至耳邊時，不知怎的，番茄冷湯那清涼卻熱情的滋味竟隱然浮現舌上。

　　我打開蔬果櫃，翻出熟透的紅番茄，順手從流理台上的食櫥裡拿出百分百的純番茄汁，準備製作一道很適合炎夏飲用的涼湯。這道番茄冷湯的靈感得自西班牙涼湯gazpacho，作法雖經過簡化，色澤還是一樣地紅豔強烈，滋味爽口不膩，其實更合我的胃口。

　　原版的gazpacho源起安達魯西亞，很可能受到曾統治伊比利半島的阿拉伯人的影響，也可能是古羅馬的遺風，總之其根源相當古老。那湯裡加了蒜頭、甜椒、洋蔥和麵包，和番茄一同打成糊狀，說是湯，其實有點像濃羹，喝來清涼歸清涼，熱量卻不低，算是一餐了。

　　簡易版番茄冷湯則有點加州菜的清淡風味，比較有「健康意識」，材料只有番茄丁、番茄汁、高湯和增添風味的羅勒絲而已，喝再多也不怕發胖。

　　說實話，對喝慣熱湯的「台灣胃」而言，鹹味的冷湯可能構成口味上的挑戰，畢竟按照中國菜的傳統作法與觀念，好湯須得文火慢熬，將食材中的精華全部煲至湯中才算上乘，可我覺得，在寒氣逼人的冬日，能喝上一碗熱騰騰的好湯固然教人通體舒暢，但在暑氣逼人的夏天，光是坐著不動都會流汗，再喝熱湯豈不狼狽？因此儘管我有位好友非議說：「番茄冷湯好像鹹的番茄汁，好怪！」然而一到酷暑

三伏天，不必上爐火燉煮的番茄冷湯，還是我家餐桌的消暑逸品。

喝冷湯時，來聽聽帶有拉丁風情的音樂吧，好比說雅俗共賞的巴沙諾瓦音樂，什麼語言的都好，聽不懂歌詞也無所謂，不管是用葡萄牙文、英文、法文甚或中文來演唱，這種巴西風的拉丁音樂，洋溢著熱帶風情，聽來輕輕鬆鬆，全無負擔，從這一點來看，巴沙諾瓦音樂跟不給體重負荷的番茄冷湯，算得上天作之合吧。

韓良憶的音樂廚房

番茄冷湯

🍋 材料 （4－5人份）

- 750公克番茄，去皮去籽，大部分切塊，小部分切小丁
- 750毫升未加糖的百分百番茄汁
- 1杯冷的夏季蔬菜高湯（參見本書第25頁）或冷開水
- 1小把羅勒或九層塔，留8-10片完整的葉子，其他切絲或屑
- 鹽、胡椒和蜂蜜
- 初榨特級橄欖油（可不加）

🍲 作法

1. 番茄塊、番茄汁和高湯倒入果汁機中打勻，視個人口味加鹽、胡椒和少許蜂蜜調味，喜歡湯稀一點的，可酌加冷開水。

2. 把打好的湯汁注入有蓋的容器中，加番茄丁和羅勒或九層塔絲攪拌，放冰箱冷藏至涼透。食用時盛入玻璃碗或杯子裡，加羅勒葉點綴，撒點胡椒，滴一點特級橄欖油。不愛橄欖油味就不要加。配上烤得脆脆的麵包和沙拉，就是毫無負擔的夏夜輕食。

🎼 音樂菜單

- 巴西風音樂選輯「*Espresso Espresso*」中的〈*Couleur Cafe*〉、〈*Things We Said Today*〉、〈*Beginnings*〉
- 巴沙諾瓦音樂選輯「*Jazz Bossa Nova*」中的〈*Agua de Beber*〉、〈*Holiday in Rio*〉、〈*Berimbau*〉、〈*How Insenitive*〉、〈*Meditation*〉
- 巴西出生的日裔歌手小野麗莎向巴沙諾瓦之父致敬的專輯：「*The Music of Antonio Carlos Jobim "Ipanema"*」

地中海的微笑

陽光、柳橙和橄欖油，有什麼交集？

在紙上寫下這三項事物，好吃如我，立刻聯想起地中海，更精確的講，是地中海的美食。

去過地中海地區的旅人，應該都很難忘記深映在人人眼底的燦爛陽光，而其中有那比較嘴饞的人，好比說我吧，到了那裡則絕對不會錯過各種天然農產品烹製而成的佳餚。

我在灰色的都市裡想到地中海時，對於景物的記憶常會變得模糊而遙遠，食物的滋味卻彷彿仍埋藏在味蕾中，在海畔聽到的音樂好像也還縈繞在耳邊。一個燥熱的仲夏午後，我在台北某個角落，不期然地思及那片被藍天碧海包圍的土地，於是廚櫃中取出來自地中海畔的橄欖油，榨了些酸甜的佛羅里達州柳橙汁，準備拌上一盆清涼的沙拉。

我一邊聽著美國白人爵士樂薩克斯風手史坦‧蓋茲（Stan Getz）吹奏著海洋風情的〈來自伊帕內瑪的女郎〉（The Girl from Ipanema），一不留神，恍然以為自己又置身於微笑的地中海。

我用橙汁和檸檬汁取代葡萄酒醋，混合初榨的西班牙特級橄欖油，用力攪拌成沙拉醬汁。這醬汁滋味略帶幾許的甜，散發著耐人尋味的果香，吃來清新又爽口，適合胃口不開的炎炎夏日。它的製作過程又特別容易，完全不費力，即便是一點廚藝基礎也沒有的人，也能輕易調製出這簡單的美味。

我拌這道地中海風味的沙拉時，除了來自地中海的西班牙吉他曲、葡萄牙的Fado歌謠外，更常聽蓋茲在一九六四年和巴西的季貝托

夫婦（Joao and Astru Gilberto）合作的巴沙諾瓦（bossa nova）風格專輯唱片「Getz and Gilberto」，其中最出名的歌曲便是〈來自伊帕內瑪的女郎〉。據說，蓋茲當初找上季貝托，一方面是因為他當時正著迷於巴沙諾瓦樂風，而季貝托正是此樂風的開創人物，二方面則看中了他那一手出神入化的吉他技巧和迷人的歌聲，然而兩人開始真正合作時，問題出現了：季先生不會英語，蓋茲則不諳葡語。還好季太太艾絲楚不但長得美麗，英語也說得流利，兩位傑出的樂手就靠著艾絲楚居間翻譯。

多虧了艾絲楚，加上畢竟有音樂這共通的語言，大夥溝通還順暢，可等到要錄巴西作曲家裘賓（Antonio Carlos Jobim）譜曲的〈The Girl from Ipanema〉時，困擾又來了，這首歌曲除了原始的葡文歌詞外，後來又加了一段英文歌詞，季先生實在是沒法應付，蓋茲於是鼓勵季太太出馬，因為艾絲楚雖然不是職業歌手，小女孩般的嗓音卻乾淨又悅耳，乾脆就由季氏夫婦倆同挑大樑，歌曲的英文歌詞部分由做妻子的來負責。

結果灌錄出來的這首拉丁爵士樂曲，如行雲流水般清朗愉悅，推出後不久便引起爵士樂以外的歌迷注意，甚至在當年六月登上美國流行樂告示牌排行榜的第五名，從而帶動巴沙諾瓦風在歐美的流行熱潮。

我總覺得由悠揚的薩克斯風、吉他樂聲加上清純女聲詮釋的這首歌曲，甜美輕快又動人，彷彿海畔會微笑的陽光，十分搭配地中海風味的果香沙拉。這一款醬汁很適合拿來拌海鮮沙拉，只須將蝦子、

蛤蜊什麼的，還是花枝、魚肉等各種海鮮汆燙，沖涼瀝去多餘水分，加點洋蔥絲、小番茄或橄欖，拌上果香沙拉醬汁，盤上再墊幾葉生菜就大功告成，中看又中吃。

| 美味
主題曲 | **酸甜果香橄欖油沙拉醬汁** |

材料

- ½杯冷榨特級橄欖油
- 2大匙柳橙汁（柳丁汁或葡萄柚汁亦可）
- 2大匙檸檬汁
- 鹽和胡椒

🍲 作法

將所有材料裝進有蓋的容器（好比洗淨烘乾的空果醬瓶）搖勻，或置於大碗中用打蛋器打勻即可。較適合佐海鮮或雞肉等白肉，做成清淡的沙拉。

𝄞 音樂菜單

- 「蓋茲／季貝托」（*Getz/Gilberto*）專輯
- 同樣令人漾起微笑的葡萄牙語海洋歌曲：巴西女歌手 *Marisa Monte* 的〈*Agua Tambem E Mar*〉或葡萄牙 *Madredeus* 樂團的〈*O Mar*'與 *'Ao Longe O Mar*〉

大蒜橄欖油二重唱

　　我在烹製義大利式蒜香橄欖油汁時，總愛聆聽路易斯‧阿姆斯壯（Louis Armstrong）和艾拉‧費滋潔羅合作的歌曲。有時艾拉唱，有「書包嘴」外號的路易斯也唱；有時路易斯就只管吹奏他的小喇叭，把唱歌的事交給艾拉。

　　不論是什麼方式，他們的歌聲和樂聲往往帶給我一種說不上來的祥和感覺，就好像在黃昏時分，遠方的公寓緩緩飄來煮炊的香味——就在那兒，有人正在燈火通明的廚房裡，為心愛的家人或朋友燒煮晚膳。我常常懷疑，這個人在爐上煎炒的，會不會正是要用來拌麵的蒜香橄欖油汁呢？

　　蒜頭和橄欖油是義大利廚房裡不可或缺的材料，特別是盛產大蒜的南義。我製作蒜香橄欖油汁時，偏好用橄欖第一次榨油所生產的特級橄欖油，也就是extra virgin olive oil，如果採用傳統的冷壓方式，那敢情更好，如此一來，油嗅聞起來不但不會有股怪味，嚐起來也比一般普級的橄欖油更為馥郁，色澤也來得碧綠，質地清澈，適合拌沙拉，中低溫煎炒，但千萬別拿來油炸食物，一來太貴，二來油的發煙點低，不適合高溫烹調。

　　大蒜和橄欖油這兩樣食材分開來各有獨立個性，主廚者可以隨心所欲地拿來搭配各式各樣的材料；兩者合在一起做成蒜香油汁，有如水乳交融，是我心目中的完美組合。這道作法再簡單不過的義大利麵醬汁，每每令我聯想起艾拉與路易斯合作的音樂。

　　艾拉‧費滋潔羅一九九六年過世，享年七十六，在爵士樂壇算是高齡的，她的音色圓潤甜美、珠圓玉潤，在我聽來有如香醇滑順冷

榨特級橄欖油,柔和而有透明感。路易斯‧阿姆斯壯呢,歌聲沙啞粗獷,像辛辣嗆鼻的生蒜,挑釁,勁道十足。

　　辛辣的蒜頭倘若經過橄欖油馴服,刺鼻的臭味便會揮發殆盡,轉化而為香氣,滲進油中,讓原本可能稍顯平淡的油味變得豐潤複雜。這就好像路易斯和艾拉這兩位爵士樂巨星,分開來皆為獨領風騷的人物,搭檔起來卻不會各別苗頭、扞格不入,反而惺惺相惜,在多次的合作中擦出令樂迷難忘的音樂火花,這不正類似美味卻平易近人的蒜香橄欖油汁嗎?

　　偶爾想聽點別的,不聽爵士樂,我會選擇一首著名的歌劇二重唱,就是義大利作曲家普契尼名劇《波希米亞人》(La Bohéme)中貧窮的男女主角一見鍾情時唱的〈可愛的少女〉,那旋律美得動人,也令我聯想起素樸有味的大蒜橄欖油汁。要是改做經典的蒜辣義大利麵,在蒜香油汁中多加辣椒,不妨聽聽歌劇《拉克美》(Lakmé)中由兩位女高音合唱的〈花之二重唱〉,歌聲激越高亢又熱情,跟紅豔的辣椒一樣帶勁。

蒜香橄欖油汁

❀ 材料 （可做約 2 飯碗）

- 2杯特級橄欖油
- 5-6瓣蒜頭
- 1根紅辣椒（可省）

🍲 作法

1. 蒜頭剝皮，橫向切薄片。把橄欖油倒進鍋中，以中火燒至七分熱時轉小火，加蒜片煎至有香味。

2. 火力轉為中火，等蒜片變成淺金黃色時即熄火，餘溫會使蒜片色澤變得更黃，冷後倒入有蓋容器，在冰箱可冷藏保存一兩星期。

3. 喜歡吃辣的，在步驟2蒜片呈淡金黃色時加進已去籽且切成圈狀的辣椒，煎至辣味出現。另一鍋沸水加鹽煮義大利麵條，spaghetti最搭，一撈起即拌上蒜辣油和少許切碎的洋香菜，就是道地的義式蒜辣麵。

🎼 音樂菜單

- 艾拉‧費滋潔羅和路易斯‧阿姆斯壯合作的兩張唱片「*Ella Fitzgerald/ Louis Armstrong*」、「*Ella and Louis Again*」
- 普契尼歌劇《波希米亞人》中的〈可愛的少女〉
- 德利伯歌劇《拉克美》中的〈花之二重唱〉

無國界沙拉

　　酷暑中的水泥叢林，我走到向南的小陽台，下午的巷弄，見不著一絲人影，聽不到一點人聲，只有左鄰右舍的冷氣機一齊嗡嗡作響，回到也開了空調的房內，在人工的清涼中，格外想念起舒爽的天然風，好比說，從海上吹來的和風。

　　我把電影「里斯本的故事」原聲帶塞進CD唱機，撳下按鍵，葡萄牙「聖母合唱團」（Madredeus）女主唱乾淨透明的歌聲便悠然揚起，我隨著這空靈的嗓音，開始調拌晚餐要用到的柳橙優格沙拉醬。耳畔是玲瓏剔透的音符，空氣中飄揚著柳橙皮散發的果香，有點酸，有點刺鼻，這讓人昏昏欲睡的炎日午後卻似乎也因而涼快了不少。

　　我一向愛吃乳製品，奶油發酵而成的酸奶油啦，臭臭的藍紋乳酪啦，我來者不拒，更別說一般的牛乳或優酪乳了。在巴黎吃過一種希臘沙拉，是用帶酸味的不含糖希臘優格當成沙拉醬的基底，嚐來酪味十足，我覺得那是無上美味，而且健康，不是都說活性乳酸菌有整腸保健的作用嗎？

　　偏偏這一天要來家裡的朋友一點優格也不願試、不肯沾，說她懷疑優格會有乳腥味。為了開發朋友對食物的冒險心，我在優格裡添加了美奶滋，還摻了朋友愛吃的柳丁汁和柳丁果肉，想借助這種柑橘類水果天然的酸甜滋味和香氣，來勾引朋友的胃口。

　　我在自己的小廚房裡隨心所欲地「發明」了柳橙優格沙拉醬，如果菜餚有國籍的話，這道沙拉醬汁該歸屬於哪一國？老實說，我還真搞不清楚。柳橙和檸檬這兩種柑橘類果實充滿著地中海風味，柳丁是台灣本土的柳橙品種，優格呢，則是歐洲各國都普遍愛的乳品，在

西方比東方更受歡迎，至於用蛋黃、白醋和沙拉油打成的美奶滋，可能是台灣人最熟悉的沙拉醬了。事實上，如果到傳統菜市跟小販說要一包沙拉醬，對方遞給你的應該就是乳白色的美奶滋，到夜市海產熱炒攤上叫份沙拉筍，也少不了這玩意。

　　簡簡單單的柳橙優酪沙拉醬，融合了各國風味，乾脆稱之為「無國界」沙拉醬汁好了。儘管其籍貫不明，有件事我倒是十拿九穩：這沙拉醬質地豐潤，食來卻爽口不油膩，應該可以討朋友的歡心。不信的話，去問問我那位痛恨乳製品但很愛美奶滋的朋友。那一晚，我用柳橙優格醬拌了蘋果丁、洋芹菜末和蝦仁，上菜時刻意隱瞞了沙拉醬的「秘密」成分，果然成功騙了這位厭乳族吞下一大盤，完全滿足家庭廚師的成就感和虛榮心！

　　當晚在我們用餐時，我放的音樂還是「里斯本的故事」的原聲帶，由德國名導演文‧溫德斯（Wim Wenders）編導的這部電影，將故事場景放在地中海畔的葡萄牙，風格延續他擅長的「公路電影」類型，卻不像他之前「咫尺天涯」那般冗長鬆散，飛揚靈動如一首詩，我覺得這部電影的成功，有一部分得感謝其悠揚動人的民歌風配樂。

　　喜歡搖滾樂的溫德斯這一回沒用他素來喜愛的U2或Kinks的音樂，而把葡萄牙民謠團體Madredeus拉進整個拍片計畫，讓他們在片中又演又奏又唱，名叫泰瑞莎的女主唱晶瑩的歌聲穿透銀幕而出，直入聆聽者的靈魂，如此清朗又毫不費力的聲音，宛若地中海畔的微風。

　　說不定，誘使我的朋友吃下那盤沙拉的一大功臣，其實不是我自以為了得的手藝，而是這動聽迷人的音樂吧。

後記

　　當年寫這篇文字時，並不知道「感覺上」洋溢著地中海風味的柳橙，並不是原產於地中海畔，反而是在華南和印度。另外，我當時也不曉得柳丁之名是先民「誤寫」的結果，他們將原產廣東新會的柳橙引進台灣時，將「橙」字寫成河洛語中同音的「丁」。有興趣知道更多柳橙的身世，請參考拙著《吃‧東‧西》中〈柳橙不是唯一的水果〉的篇章。

美味主題曲 柳橙優格醬

🍊 材料 （可拌 4 人份的沙拉）

- 200毫升不含糖天然優格
- 4大匙美奶滋
- 2大匙檸檬汁
- 2顆柳橙（進口或台產皆可）
- 洋香菜末
- 鹽和胡椒

🍲 作法

1. 其中1顆柳橙擠汁，混合優格、美奶滋、檸檬汁、洋香菜末、鹽和胡椒，攪拌均勻。

2. 另一顆柳橙洗淨，削下黃色的皮，切成絲，留用。然後去皮取果肉，切碎，連汁帶果粒一同拌入根據作法1調好的醬即可。此醬適合拌含有海鮮、雞肉和水果等食材的沙拉，當成烤里肌豬肉的蘸醬也不錯。

🎼 音樂菜單

- 電影「里斯本的故事」的原聲帶「*Ainda: Original Motion Picture Soundtrack From The Film "Lisbon Story"*」

清涼的紙月亮

攝氏三十幾度高溫的假日下午，我開足了冷氣，泡了一壺薰衣草茶，席地盤腿而坐，整理散落家中各處的CD，設法分類歸檔。

莫札特的《費加洛的婚禮》原來放在客廳的壁櫃裡，和馬勒的第五交響曲並肩而立。我請費加洛先生挪個位子，讓他站到《唐喬凡尼》隔壁，和其他的歌劇唱片為鄰。約翰・柯川（John Coltrane）不知怎的，居然混進菲利浦・葛拉斯（Philip Glass）的陣營，我左移右動，這位一代樂手就吹著薩克斯風，回到爵士樂國土了。

在客廳另一端唱片櫃的角落裡，翻到一張買了許久卻遲遲沒有打開來聽的CD，是奧地利男女二人團體「紙月亮」（Papermoon）的專輯「露西眼中的世界」（The World in Lucy's Eyes）。

記得當初是在同逛唱片行的朋友推薦下，衝著對她品味的信任，買了這張CD，至於「紙月亮」是個什麼樣的團體，我其實並不很清楚。朋友說，他們是一對年輕樂手，女生艾迪娜負責填詞、歌唱，男生克里斯多夫譜曲、彈吉他，偶爾也開口唱個幾句。

既然已經拿在手上了，索性就放來聽吧。當艾迪娜清朗、甜美又富感情的聲音，搭配克里斯多夫帶著民謠風的吉他樂聲，從音箱傳至我的耳際，飄揚在室內每個角落時，我立刻被這音樂所吸引，停下手裡的動作，豎起耳朵，專注聆聽這來自歐洲大陸的歌聲。

艾迪娜和克里斯多夫這雙人搭檔雖生長在維也納，但因為都上過法國學校，會講流利的法語。不過他們在一九九一年相識並決定組團後，選擇用更多人聽得懂的英語來歌唱。多國語言的背景，加上兩人對「披頭四」與「U2」合唱團音樂的共同喜好，讓「紙月亮」的

歌曲並沒有想像中的日耳曼風味，反倒更接近英國現代民謠的曲風，悅耳輕盈但不淺薄，讓人聽來安適舒暢，彷彿在炎熱得連鳥兒懶得鳴囀的三伏天，大雨冷不防傾盆而下，空氣中於是彌漫著灰塵被打濕的氣味，有一點霉霉的，卻教人霎時鬱氣盡消，通體清涼。

在「紙月亮」的樂聲中，太陽一吋吋西移，我走到廚房，從冰箱翻出新鮮的柳橙，自廚櫃拿出橄欖油、紅酒醋和罐裝綠橄欖，準備製作沙拉醬汁。這道歐式柳橙橄欖醬汁蘊含著果香，還有油醋濃郁芬芳的滋味，另外加了茴香籽（fennel seeds）來提味，澆在吉康菜和橡葉萵苣等微帶苦味的生菜上吃，特別開胃。

不喜歡茴香籽或橄欖味道的，不妨試試看另一種作法更簡單、省事又省時的義大利油醋汁，只消將橄欖油、帶一絲甜味的義大利香脂醋（aceto balsamico）、蒜末混合均勻就可以了。

「紙月亮」和自己動手做的沙拉醬汁，讓我在酷暑找到了涼意。

🎼 **音樂菜單**
・二十世紀末的舊愛：「紙月亮」合唱團「露西眼中的世界」
・二十一世紀初的新歡：台灣「靜物樂團」（*Nature Morte*）的「橘子與蘋果」，「靜物」也是一女一男的雙人組合，主唱 *Lisa* 是華裔法國人，吉他手 *Eric* 是台灣人，兩人的合作讓這張華語專輯帶點法國味，或者應該說是跨越國界的樂風。

柳橙橄欖沙拉醬汁

❀ 材料 （可拌 6 人份沙拉）

- ½杯柳橙汁
- 6大匙初榨特級橄欖油
- 3大匙綠橄欖末
- 3大匙紅酒醋
- ½小匙茴香籽碾碎
- 鹽和胡椒

🍲 作法

1. 在不沾鍋中以中小火煮橙汁，濃縮到小於原本一半的容量，約15分鐘，置室溫冷卻。
2. 把變涼的濃縮橙汁和其他材料混合，攪打均勻即可。

延伸味蕾

簡易義式油醋汁

材料：

6大匙初榨特級橄欖油

2-3大匙義大利香脂醋

1瓣蒜頭切末

鹽和胡椒

洋香菜末或羅勒末（可省）

作法：

混合所有材料，攪打均勻即成。不喜蒜味太重的，可以將蒜切對半，浸在醋中半小時左右，待入味後挑出蒜頭，再將醋和其他材料混合。

前菜　Appetizer

我站在爐前，小火慢慢煎著蔬菜烘蛋，幻想自己置身在巴塞隆納的小酒館中，和吉普賽女郎共舞佛朗明哥。倘若你來我家拜訪我，看到我在廚房裡搖頭晃腦，請千萬不要誤會，我不過就陶醉在融合著食物香氣和音樂律動的西班牙，歡迎你和我共享這小小的快樂天堂！

Part 2

幻想蘇格蘭

　　從來沒去過蘇格蘭，英格蘭倒是造訪過不知多少次，尤其是倫敦，有一年因緣際會，單是出差就跑了三趟，每一回都想著，下次吧，下次一定會想個辦法抽空赴蘇格蘭高地一遊，親眼去瞧瞧這片風笛悠揚、還有無數古老傳說與歌謠的土地，可惜也慚愧的是，對自己的許諾始終沒有成真，蘇格蘭的風土人情依舊停留在想像當中。

　　蘇格蘭沒去成，蘇格蘭菜我可沒放過。在倫敦一家專賣蘇格蘭鄉土佳餚的餐館中，我嚐到蘇格蘭裔朋友推薦的蘇格蘭菜，據他說，這家小館子的口味家常，算道地。他還向我推薦蘇格蘭出產的優質牛肉和鮭魚，特別是作法簡單的煎烤牛排和煙燻鮭魚。

　　然而那一餐最讓我印象深刻的，卻不是鮮嫩多汁的烤牛肉，也不是油潤可口的燻鮭魚，而是菜名很怪的一道配菜，那就是「攪和攪和」（Rumbledthumps），其作法簡單到寥寥數語便可道盡：把馬鈴薯泥、包心菜和洋蔥混合在一起，撒上乳酪絲，進烤箱焗至金黃，好了。

　　蘇格蘭人民族性格豪邁，反映在飲食口味上，頗有一點大口喝酒、大口吃肉吃菜的意思，那裡的鄉土菜口味一般也比較濃重樸實。好比說這道帶著濃濃奶香和蔥香的「攪和攪和」吧，它其實是農村家常菜，材料都取自蘇格蘭濕潤的田野和牧場，是家家戶戶餐桌上都見得著的尋常菜色，分量十足，食量小巧的人要是吃上一整碗，保證飽腹。

　　朋友見我愛吃，打電話回老家，向母親要來食譜，送我當紀念品，算是安慰我老去不成蘇格蘭。回到台北以後，我照本宣科，試著

在亞熱帶都會的小廚房中，複製這道來自溫帶高地鄉間的鄉土菜。第一次做出來的成品，樣子像，味道也還行，我卻悵然若失，總覺得菜裡好像忘了某樣特別的佐料，吃來不夠蘇格蘭哩。

我打開音響，放下布魯赫的〈蘇格蘭幻想曲〉，聆聽成長在德國的這位十九世紀作曲家，在二度赴英國巡迴演奏後，因受到蘇格蘭傳統音樂啟發，而以蘇格蘭民謠為主題所譜寫的這首管弦樂曲。這曲子樂風浪漫，以小提琴和豎琴為主，洋溢著蘇格蘭高地風情，可是他寫曲時早已離開滿眼翠綠的英倫，回到日耳曼家鄉，在譜曲之時，大概也只能跟我一樣，在腦海中神遊蘇格蘭吧。

不知道是不是音符的感染力量使然，當我回到餐桌，繼續未竟的蘇格蘭晚餐時，在〈蘇格蘭幻想曲〉的樂聲中，原本少了一點滋味的焗薯泥包心菜，這時變得風味十足。我就在布魯赫的陪伴下，送給自己一個幻想蘇格蘭的夜晚。

🎼 **音樂菜單**
- 布魯赫的〈蘇格蘭幻想曲〉（比方說，帕爾曼演奏小提琴，祖賓·梅塔指揮以色列愛樂管弦樂團的版本）
- 電影「梅爾吉勃遜之英雄本色」（*Braveheart*）的配樂

攪和攪和——焗薯泥包心菜

✿ 材料 （4-6 人份）

- 500公克馬鈴薯
- 500公克包心菜
- 1顆中等大小的洋蔥
- 90公克牛油
 （小條的約3/4條）

- 鮮奶油適量
- 鹽和胡椒
- 乳酪絲
 （有英式風味的cheddar cheese最好）

⬤ 作法

1. 馬鈴薯切厚片，包心菜撕成小片，洋蔥切末。

2. 馬鈴薯片從冷水煮起，水中加點鹽，水滾後蓋上鍋蓋，小火燜煮8-10分鐘，到叉子很容易穿透馬鈴薯時，倒掉水，用叉子或搗泥器壓成泥。

3. 煮馬鈴薯時，另煮一鍋熱水加鹽，煮開水後，下包心菜，煮到菜熟但未爛時即撈出。

4. 在厚底鍋中以小火融化牛油，炒香洋蔥末，但不要炒焦，待洋蔥已軟且變透明時加進薯泥和包心菜，撒鹽和胡椒調味，淋上鮮奶油，不要一口氣加太多，邊加邊攪拌，如果覺得太乾，才再酌量多加一點鮮奶油。

5. 把攪和好的薯泥包心菜置大的烤皿或個人分量的小烤盅中，表面撒上乳酪絲，入已預熱至攝氏180度的烤箱，烤到表面金黃，約20-25分鐘。當配菜，配煎洋香腸、烤牛肉或煎鮭魚，都蘇格蘭風情十足。也可搭配煎牛排，比方香料牛排（參閱本書第129頁）。

日落西班牙

　　夏季的伊比利半島，太陽總要九點以後才依依不捨地沉落地平線，傍晚就下班的人常常不急著回家，總要先到小酒館喝上兩杯，和識或不識的新朋舊友扯個兩句，消磨天色昏暗前的悠閒時光。

　　飲小酒的時候難免會想有幾樣可口的小菜來下酒，可是再過一會兒就要用正餐了，得替自己留些胃口吧，因此酒餚的分量不宜多，能解饞就好，不必抵飢。在西班牙，這種吃巧不吃飽的下酒小菜叫做tapas。

　　台北街頭曾出現以tapas為號召的西班牙餐廳，好吃如我，哪裡肯錯失嚐新的機會，一試之下，卻大失所望，所有的食物雖都形似，滋味卻大相逕庭。

　　我向朋友抱怨，決心在家裡辦一次tapas盛宴，讓朋友嚐嚐西班牙小菜的美味。我仿照西班牙小酒館，事先做好一大盅、一大盤的小菜讓大夥分食，菜色有番茄秋刀魚、蒜味蝦、燉透抽等，還烤了棍子麵包來餵飽朋友的胃。我可不想親朋好友離開時埋怨來我家吃不飽飯！

　　我準備的食物統統適合搭配切片後烤得脆脆的麵包，其中最受好評的竟然是烹調起來最不耗時費事的大蒜番茄。

　　蒜頭、番茄、羅勒和橄欖油是西班牙家庭廚房常見的材料，把四樣東西組合在一起，就成了色澤亮麗、清爽可口又不油膩的小菜，算得上完美搭配，鋪在香脆的麵包片上，佐以雪莉酒或西班牙的粉紅酒（rose wine），會讓人不知不覺中多吃好幾片。

　　朋友問我食譜，我一五一十據實以告，她回家照本宣科試做以

後，卻打電話來笑著「指責」我留了兩手，怎麼她做出來的味道就不怎麼西班牙呢？

這是怎麼回事？

番茄大蒜麵包如此簡單易做，而且所有材料與作法，我明明就和盤托出了。左思右忖，我靈光一閃，突然領悟到，有一樣「材料」我忘了特別指出來請她注意，卻是開party那一晚無時無刻不在我們身邊的。

我請她找出西班牙大師拉戈亞（Alexandre Lagoya）或費南德茲（Julio Fernandez）的吉他演奏專輯，建議她在改編自歌劇《卡門》的〈西班牙舞曲〉或羅德利哥（Joaquín Rodrigo）著名的〈阿蘭輝茲協奏曲〉聲中，享用親手製作的佳餚。我相信，有了大師飽蘊伊比利風情的吉他樂聲佐餐，番茄大蒜麵包將霎時非常西班牙。

♪ 音樂菜單

· 拉戈亞演奏取材自比才歌劇《卡門》的〈西班牙舞曲〉
· 費南德茲演奏羅德利哥的〈阿蘭輝茲協奏曲〉
· 西班牙吉他名家*Paco de Lucia*的專輯「Zyryab」
· 非古典選擇：爵士樂小號大師邁爾士·戴維斯（*Miles Davis*）詮釋的〈阿蘭輝茲協奏曲〉，選自他的專輯「西班牙素描」（*Sketches of Spain*）

番茄大蒜麵包

美味
主題曲

材料 （約12-15片）

- 1根法國棍子麵包或喜歡的脆皮麵包，切成約1-1.5公分厚片
- 2大匙冷榨特級橄欖油
- 2瓣蒜頭，切末
- 400公克小番茄，切丁
- 羅勒或九層塔，切絲
- 鹽和胡椒

作法

1. 麵包片烤脆備用。
2. 取小鍋，開中小火，橄欖油下鍋，熱但未冒煙時將蒜末加進油裡煎炒約半分鐘，倒出盛在碗裡，讓它稍變涼後抹在麵包片的一面。
3. 混合番茄丁和羅勒或九層塔絲，鋪在麵包抹了蒜油的那一面上，撒上鹽和胡椒。
4. 可以現做現吃，也可以將番茄麵包移置大盤中，用錫箔紙覆蓋約一小時，等番茄更入味再食用。不妨兩種都試試，看自己偏愛哪一種。

金黃鬆酥的佛朗明哥

　　每一回，只要我在家裡烹製口味清爽的西班牙蔬菜烘蛋時，總會翻出「吉普賽國王」樂團（Gypsy Kings）的CD，讓他們熱情的歌聲和節奏明朗暢快的吉他聲，跳躍在廚房的每一吋空間，陪著我度過屬於自己的佛朗明哥時光。

　　頭一次嚐到西班牙風味的烘蛋，並不在西班牙，而是台北的一場美食派對。我被好友帶著去湊熱鬧，派對的主人是位藝術家，曾旅居巴塞隆納多年，學會了一手西班牙菜，那天的餐食全由他一手包辦，各式各樣西班牙佳餚一道道地上，讓親友吃個痛快。

　　其中有一道烘煎得金黃鬆酥的馬鈴薯烘蛋，融合了蛋香與馬鈴薯豐潤綿密的口感，很得眾人喜愛，轉眼就被一掃而空。據主人說，這道菜是很傳統的西班牙家常食物，冷食熱吃皆宜，既可當下酒小點又能當作主菜。本來就愛吃雞蛋的我，也覺得這道蛋餚別緻又美味，唯一令我多少有點介意的是，這菜不但膽固醇偏高，熱量也不低，好像不怎麼符合現代飲食的健康原則，我一面大啖著美味，一面卻意識到心底油然浮現「罪惡感」。

　　好心的主人兼大廚指點我做改良版的西班牙烘蛋，解決了我貪吃又怕衣服逐漸穿不下的隱憂：澱粉質高的馬鈴薯乾脆就不加了，運用蘆筍、甜椒和洋蔥等富含維生素與纖維質的食材，改做蔬菜烘蛋，這樣一來，不但菜餚熱量變低了，口感也更為繁複多變。他還偷偷地說，他其實是參考法國式的作法來烹調這道做來不難又快速的菜餚，所以已不是那麼正統的西班牙菜。

　　我呢，只要東西好吃，其實不很在乎菜餚國籍何方，只要你不

要混淆視聽，硬說海南雞飯是海南島來的，或堅持義大利麵是馬可波羅由中國帶回義大利的，我統統無所謂。更何況，我照本宣科在家按照大廚口授的所謂法式作法，在蛋汁中加了酸奶油，真的讓這道「混種」的蔬菜烘蛋，除了濃濃的蛋香外，還添了乳香，這可讓我更深信美食果然無國界。

　　不禁聯想起「吉普賽國王」，這個最早以兄弟檔為基礎所組合的西班牙語民謠樂團，出身於在西班牙內戰時期逃至法國南部的吉普賽家族，原本偏重演出傳統的「倫巴佛朗明哥」風格的歌謠，後來在法國製作人的建議下，在歌曲中添加流行樂和一點點搖滾樂調調，希望能因此擴大對大眾的親和力，而他們以西語演唱的新派佛朗明哥歌曲，居然登上美國告示牌拉丁歌曲排行榜的冠軍，「吉普賽國王」打破了地域和文化的限制，不再只局限在地方性樂團，登上世界舞台，在一九八〇年代中、晚期，成為全球知名的世界音樂團體。

　　我站在爐前，小火慢慢煎著蔬菜烘蛋，幻想自己置身在巴塞隆納的小酒館中，和吉普賽女郎共舞佛朗明哥。倘若你來我家拜訪我，看到我在廚房裡搖頭晃腦，請千萬不要誤會我是瘋了還是病了在打擺子，我不過就陶醉在融合著食物香氣和音樂律動的西班牙，歡迎你和我共享這小小的快樂天堂。

西班牙式蔬菜烘蛋

🍋 材料 （4人份）

- 3大匙橄欖油
- 1顆洋蔥切絲
- 10根綠蘆筍削去靠底部的硬皮，切斜成約1吋長
- 1條節瓜（約200-250公克）切半月形的片
- 1顆紅甜椒切絲
- 8顆雞蛋
- 4大匙現磨的義大利乾酪絲或他種乳酪絲
- 3大匙酸奶油或不含糖的原味優格
- 鹽和胡椒

🍲 作法

1. 在平底不沾鍋中燒熱1½大匙的油，中火炒香洋蔥等蔬菜約3、4分鐘，炒到菜開始變軟。

2. 大碗中混合蛋、乾酪粉或乳酪絲、酸奶油或優格、鹽和胡椒，打勻。

3. 炒好的蔬菜倒進蛋汁中。在平底鍋裡加進剩餘的油，燒熱後轉小火，把蔬菜蛋汁倒入鍋中，慢慢地烘煎，待底部金黃，表面蛋汁接近凝固時，翻面再半烘半煎（可將蛋倒扣至大盤，再移回鍋裡，以免在用鏟子翻面時把蛋弄破）。

4. 火力轉為中火，再煎2、3分鐘即可。可趁熱切片吃，也可冷食。

🎼 音樂菜單

- 「吉普賽國王精選輯」（*Gypsy Kings · Greatest Hits*），幾乎每一首都和蔬菜烘蛋很搭配
- 費南德茲演奏羅德利哥的〈阿蘭輝茲協奏曲〉

星期天的酥皮披薩

　　星期天睡懶覺，起床時早餐時刻已過，午餐又還不到時候。我放了張CD，走進流淌晨光與融合爵士樂聲的廚房裡，打開冰箱冷凍庫，拿出現成的起酥皮，放個一會兒讓它解凍，待會兒抹上自己做的簡單披薩醬，再撒上烤好以後會「牽絲」的莫扎雷拉（Mozzarella）乳酪，就是韓氏保證「絕不正統」的酥皮披薩。

　　我一直很愛喝餐廳裡的脆皮酥派湯，耐熱的白陶碗裡盛著蔬菜或蘑菇湯，覆蓋著一層由麵粉、牛油和雞蛋揉成的麵皮，進烤箱焗烤至金黃，光是看著便已讓人垂涎，入口更有濃濃的奶香與香酥的口感，教我百吃不厭，於是致力學會酥皮做法，得空就製作一大堆，分片包裝起來冷凍，以便隨時取用，後來發覺市面上有現成的冷凍起酥皮，那敢情好，更省事了。

　　除了烤脆派湯外，我以酥皮為基本材料，變了不少花樣，好比說，在正方形的酥皮正中央舀上兩匙海苔肉鬆，對摺成三角形，一面刷上蛋汁或牛奶，撒些黑芝麻，同樣進烤箱烤，就是台式風味的肉鬆派。

　　同樣的酥皮包上含有果粒的杏桃果醬和一點切碎的核桃，就成了杏桃核桃派，可當下午茶甜點，佐紅茶；餡料若改為加了肉桂和檸檬汁煮過、少少加一點玉米粉勾芡的蘋果丁，又變成滋味至少不輸速食連鎖店的酥皮蘋果派。

　　不過我最愛做的，還是酥皮披薩，製作起來又快速又簡單，配上一點生菜沙拉或涼拌黃瓜，就是星期天理想的早午餐。

　　雖然酥皮可以偷懶買現成的，披薩醬我仍偏好自製，市售的披

薩醬加了太多鹽，含鈉量多半太高，吃了口好渴。我總是趁著番茄當令又便宜時多買一些，去皮去籽打成泥，摻入一點點蒜泥、少許鹽和胡椒，還有切得碎碎的九層塔或羅勒，在爐上煮一會兒，讓水分蒸發，做成簡易版的新鮮番茄披薩醬。這醬料可分裝在小容器中，冷凍保存期達好幾個月，冷藏的話最好五天內用掉。

　　不知怎的，每一回在家裡烤酥皮披薩都讓我有好像在遊戲的感覺，特別愉快，這時我多半選擇聽「融合爵士樂」（fusion Jazz），尤其是帶有流行或搖滾樂調調的樂曲，輕鬆一點，好配合當下的心情。融合爵士樂混合各式各樣的樂風，在一首曲子中可能聽到爵士、古典、流行乃至「世界音樂」（world music）的元素，和我當初糊裡糊塗也不知怎麼「發明」出來的酥皮披薩，還滿搭軋的。這並非正宗披薩的「披薩」，結合了一點點義大利味、似有若無的法蘭西風，還有更多的台客作風，且讓我稱之為「跨國食物」吧。

　　懶洋洋的假日，如果想對自己的味蕾好一點，卻不願出門排隊吃早午餐，更不想大費周章，賠上好心情，不妨進廚房烤酥皮披薩吧，放一張融合爵士樂唱片，邊聽音樂，邊替酥皮抹醬、鋪上家裡有的現成餡料，好比熟雞肉、洋火腿或黑橄欖什麼的，順手再煮上一壺咖啡。喝完最後一滴牛奶咖啡時，酥皮披薩就快要出爐了，那香酥的美味等著你一口咔嗞咬下呢。

🎼 音樂菜單

· Weatehr Report 的同名專輯中的〈*Volcano for Hire*〉、〈*Dara Factor Two*〉
· *Harvey Mason* 的「*Ratamacue*」:〈*Take Five*〉、〈*Take it Slow*〉
· 花生米漫畫紀念專輯「*Happy Anniversary, Charlie Brown*」: *Chick Corea* 的〈*The Great Pumpkin Waltz*〉、*B. B. King* 的〈*Joe Cool*〉、*David Benoit* 的〈*Linus and Lucy*〉、*Lee Ritenor* 的〈*Red Baron*〉

酥皮披薩

✿材料 （2 人份的點心、1 人份的簡餐）

- 2顆較大的紅番茄
- ½瓣蒜頭切末或搗泥
- 少許九層塔或羅勒碎末
- 鹽和胡椒
- 正方形起酥皮兩片（最好選用牛油而非乳瑪琳製作的，較香）
- 莫扎雷拉乳酪絲（mozzarella cheese）
- 其他任何你喜歡的披薩餡，如橄欖、義式香腸、洋火腿、洋蔥絲等

作法

1. 番茄頂淺劃十字紋，以熱水汆燙20秒，以便去皮去籽，切塊，搗碎或用果汁機打成泥。調入蒜泥、鹽、胡椒和九層塔或羅勒碎末，中小火邊煮邊不時攪拌10分鐘左右，讓水分蒸發，即成簡易披薩醬。

2. 冷凍起酥皮置室溫解凍，用叉子在皮上輕輕戳個幾下後，抹披薩醬，撒乳酪絲（和其他你喜歡的餡料），入已預熱至攝氏180度的烤箱烤12分鐘左右。如果用的是無溫度設定的小烤箱，披薩需做得小一點，烤時下方墊上塗了油的鋁箔紙，烤5分鐘左右。

試當一天愛爾蘭人

　　我只要一烹煮加了鮮奶油和牛奶的愛爾蘭香蒜薯泥，就愛放愛爾蘭老牌「首領樂團」（The Chieftains）演唱的歌謠來聽，讓這來自「翡翠之島」的音符如綠色的精靈般飄揚在整間屋子裡。

　　有時候，我一邊攪動鍋中奶香四溢的馬鈴薯泥，一邊聽著這幾位首領和「險峻海峽」（Dire Straits）主唱Mark Knopfler合唱的〈The Lily of the West〉，甚至會想像自己置身在青翠田野間一幢小小農舍中，為摯愛的人燒煮一頓樸實但美味的農家晚餐。

　　從文學的王爾德、濟慈、喬埃斯到流行樂壇的U2、Van Morrison與Sinead O'Connor，來自愛爾蘭島嶼的文人和歌手，不斷用他們的筆或歌聲，蠱惑著生長在亞熱帶海島的我。不過，我儘管熱愛這個大西洋島嶼的文學和音樂，卻還不至於喪失理智或蒙著良心去大力讚美愛爾蘭食物有多麼出類拔萃，因為老實講，除了威士忌、啤酒和馬鈴薯外，我一時還真的想不出愛爾蘭人對這世界的美食版圖，有什麼特殊貢獻。

　　話是這麼說，然而愛爾蘭的香蒜薯泥還真好吃哩。

　　馬鈴薯是愛爾蘭人的主食，其重要性不亞於米飯之於華人。愛爾蘭就因為太仰賴馬鈴薯，以致在十九世紀中葉時由於馬鈴薯欠收造成全國大饑荒，而引發大移民潮，在僅僅十年間，有一百多萬人被迫離鄉背井，飄泊天涯，其中大多數人飄洋過海前往馬鈴薯的原生地——美洲謀求生路。

　　既是如此重要的作物，愛爾蘭人烹調馬鈴薯的花樣自然就不少，光是一個薯泥就有好幾種作法，其中我最愛吃的，是蒜味薯泥。

這道菜裡頭加了不少牛油和鮮奶油，食來滋味特別豐潤，熱量因而也高，讓我常得刻意不去思考它對體重造成的威脅，否則真的不敢據案大啖美食。

　　香蒜薯泥可以搭配或燒烤或烙煎成五分熟的牛羊排或豬肉，也可當成啤酒牛肉（參見本書133頁）或紅酒燉牛肉（參見本書第89頁）的配菜，大肚量的饕客準保吃到撐。在不吃肉的素食日，我也愛學勤儉的愛爾蘭鄉下人，單食薯泥，喝上一杯啤酒，再來盤炒包心菜或生菜沙拉，補充維生素。

　　熱騰騰的薯泥拌好了，盛到陶碗裡，中間挖個小洞，讓它成為一口井，在井裡注入融化的牛油，黃澄澄的，吃的時候，吃上一口薯泥，蘸一點牛油，奶香撲鼻，真是種令我無法抗拒、暢快淋漓的「罪惡」享受！

　　和樸拙又鄉土的香蒜薯泥最契合的音樂，或許就是一九六二年成軍的「首領樂團」，他們與史汀、米克‧傑格（Mick Jagger）等流行、搖滾樂手合作的專輯「黑色的長面紗」，是我在烹調愛爾蘭風味的薯泥時，執著要聽的音樂。要是喜歡更pop一點的音樂，不妨試試年輕一點的「克蘭納德樂團」（The Clannad）。不論聽的是誰，他們的共同特色都是，非常愛爾蘭，一如美味的香蒜薯泥。

香蒜薯泥

🍋 材料 （4人份）

- 600-700公克馬鈴薯
- ¼杯牛奶
- 6瓣蒜頭，切末
- ½小條牛油（約60公克），置室溫軟化
- 鹽和胡椒
- ¼杯鮮奶油

🍲 作法

1. 馬鈴薯削皮切成厚片，置煮鍋中，加自來水到剛淹埋過薯片。加蒜末，不加鍋蓋，以大火煮沸後，轉小火，蓋上鍋蓋煮熟，約15分鐘。

2. 在小鍋中煮牛奶，煮熱就好，不要煮沸。

3. 瀝去馬鈴薯的煮汁，把熱牛奶和牛油加進鍋中，用搗泥器或叉子壓碎薯片，邊搗邊加鮮奶油，調成薯泥。

4. 撒鹽和胡椒，拌勻，可撒少許細香蔥末 或洋香菜點綴。搭配燉肉特別對味，如本書中的紅酒燉牛肉（見第89頁）、啤酒牛肉（見第133頁）、白酒橄欖雞（見第117頁）或紅酒燉雞（見第125頁）

🎼 音樂菜單

- 首領樂團的專輯「*The Long Black Veil*」，好比〈*Changing Your Demeanour*〉、〈*Mo Ghile Mear*〉、〈*Our Hero*〉、〈*The Lily of the West*〉、〈*The Long Black Veil*〉等。

- 克蘭納德樂團的專輯「*Lore*」，好比〈*Newgrange*〉、〈*Something to Believe In*〉、〈*From Your Heart*〉。

拉丁的秋刀魚之味

　　誰說西班牙菜一定得配西班牙音樂？

　　下廚、用餐必聽音樂的我，從來不同意這個論調。

　　我雖然愛吃西班牙菜，愛聽佛朗明哥音樂，也常常將兩者結合在一起，但是每一回在廚房裡煎炸秋刀魚、燒煮番茄白酒汁，打算做適合下酒、也可當成開胃前菜的西班牙風味番茄白酒秋刀魚時，卻偏偏捨西班牙的古典樂或流行曲不聽，總覺得這時只有已故爵士樂小號大師狄西（又譯「暈眩」）‧葛雷斯比（Dizzy Gillespie）演奏的拉丁爵士樂，才能搭配這道色澤豔麗、熱情洋溢的可口菜餚，還有做菜時那種悠閒的心情。

　　葛雷斯比在一九四○年代末期和外號「小鳥」（Bird）的天才薩克斯風手查理‧帕克（Charlie Parker），共同開創「咆勃」（Bebop）爵士樂的天下，宣告「現代爵士樂」時代的來臨。在英年早逝的帕克離世後數年，這位外表「騷包」、老愛戴墨鏡和貝雷帽、蓄著山羊鬍的咆勃開山祖師，開始嘗試連結古巴音樂和爵士樂節奏，灌錄了不少帶有濃厚拉丁風味的爵士樂曲。擅長作曲的他偶爾還會高歌一曲，歌聲倒也很有個人風格。另外，葛雷斯比還會彈鋼琴呢。

　　葛雷斯比從他那上彎九十度、造型怪異的小號中吹出的拉丁樂曲，跟他原本擅長的Bebop樂一樣，激越而熱情，不過因為受到古巴音樂那有點慵懶的節奏感染，聽來就比較沒壓力。我深深覺得在喝點小酒、吃點小菜的時候，就該聽這樣的音樂。

　　一如葛雷斯比的拉丁爵士樂曲，番茄白酒秋刀魚也是「混種」的事物。西班牙道地的作法用的是地中海盛產的沙丁魚和不甜的雪莉

酒（sherry wine），台灣市面上卻很難買到新鮮的沙丁魚，有的也只是罐頭裝的醃漬魚，偶爾還有熟的鹹魚。雪莉酒呢，同樣一貨難求。

我試著改用秋刀魚和容易買到的白葡萄酒來做這道小菜，風味也不遜色，從此我的餐桌上又多了一道好菜，而我這個做菜的人也因此省了不少採購上麻煩，在廚房裡舞刀弄鏟時，心情更加輕鬆，烹調起來也更得心應手。說到底，烹飪不該成為日常生活的負擔，而可以變成生活的樂趣，不是嗎？

我在台灣的水泥公寓中烹調著西班牙風味的秋刀魚，聽著葛雷斯比的拉丁爵士樂曲混合著番茄醬汁煮滾時那咕嚕咕嚕直冒泡的聲響，一邊嗅聞著番茄融合白葡萄酒微酸帶甜的芬芳香味，暫時忘記辦公室那堆看不完的文件、那台老給我出難題的電腦（或者應該說是我老給出狀況的電腦），還有那些接不完的電話、寫不完的e-mail，在這美食和音樂齊聚的廚房裡，我又成為自己的主人。

🎵 **音樂菜單**
- *Dizzy Gillespie* 在 *Gitanes Jazz* 系列的兩張選輯：「*Dizzy Gillespie*」、「*Bossa Nova*」，推薦歌曲〈*Don't Try to Keep Up With the Jones*〉、〈*Barbados Carnival*〉、〈*Rumbola*〉、〈*Poor Joe*〉、〈*Sea Breeze*〉、〈*Jambo*〉、〈*One Note Samba*〉

韓良憶的音樂廚房

西班牙風味秋刀魚

🍋 材料（4 人份）

番茄白酒醬部分：

- 1大匙橄欖油
- 2瓣蒜頭切末
- 半公斤番茄去皮去籽切丁
- 番茄糊2大匙
- 50-60毫升白葡萄酒或雪莉酒
- 1小把羅勒或九層塔的葉片，留
  幾片完整的作點綴，其餘切碎

煎魚部分：

- 500-600公克秋刀魚*
- 麵粉
- 黑胡椒
- 煎魚用的橄欖油

* 圖為沙丁魚，沒辦法，荷蘭沒有秋刀魚，沙丁倒是價廉物美，我也就順勢又做回較合西班
牙原版的滋味了。台灣的讀者請還是用秋刀魚，一樣美味。

🍲 作法

1. 鍋中加1大匙的橄欖油，小火燒香蒜末。加番茄丁和白酒，轉中
   火，邊煮邊攪拌，讓水分大致蒸發後，加番茄糊和九層塔或羅勒
   碎末，小火煮10至15分鐘即成醬汁，備用。
2. 小火煮醬汁時，將秋刀魚攔腰切成兩段，洗淨拭去水分。
3. 在深盤中混合麵粉和胡椒，將秋刀魚兩面都蘸上麵粉，甩一甩，
   以甩去太多的粉。
4. 在不沾平底鍋或炒鍋中燒熱橄欖油，中火兩面煎魚，把魚煎至兩
   面焦黃，一面煎4、5分鐘。煎好的魚置於紙巾上吸油。
5. 把魚置於溫熱過的盤子上，佐以番茄醬汁，加幾片羅勒或九層塔
   點綴。

追憶逝水年華

音箱中傳來六十歲的莎拉‧渥恩（Sarah Vaughan）哼唱巴西風爵士樂曲的歌聲，那嗓子已唱了四十多年，卻依然醇厚動聽。我正在廚房裡燉煮著紅酒透抽，忍不住走到音響旁，把音量轉得更大一點，好更清楚地傾聽她追憶、哀憐或歌詠著世間的戀情。

我聽著歌，不時攪拌一下鍋中，一邊納悶，這位一生事業順遂、情路卻走得坎坷的爵士樂女伶在唱著這些情歌時，不曉得心中想到了什麼，會不會是那些不懂得珍惜她的男人？

老實講，在一般通稱的爵士樂史上三大歌后中，我最鍾愛的，並不是已於一九九〇年辭世的莎拉。對我而言，歌聲纖弱感性的比莉‧哈樂黛（Billie Holiday）和甜美的艾拉‧費滋潔羅，好像更扣人心弦。不過我絕對承認，嗓音華麗、歌唱風格外放的莎拉，聲音技巧令人讚佩。她也許是因為拜師學過歌唱與鋼琴，在三位歌后中演唱的技巧最出眾，彌補了她感性上不如哈樂黛，天生音色又比不上艾拉的遺憾。

莎拉‧渥恩在她歌唱生涯的早期和中期錄音中，並不吝惜展現她獨到的「花腔」，不過這位歌后到了生命的晚期，外型已不復當年嬌美窈窕，音域也隨著年華老去而變得渾厚低沉，於是在這張名為「巴西羅曼史」（Brazilian Romance）的八〇年代末期錄音中，我們聽到的是不再執著於華麗花腔的莎拉（當然，也可能是力有未逮），她婉轉而寫意地唱著巴西流行樂作曲家創作的歌曲。她唱來一派輕鬆，而我們這些聽歌的人則聽得自在；走到暮年的莎拉‧渥恩透過這張錄音，展示自己的另一種可能性。

我用基本上算是西班牙風味的紅酒燉透抽，來搭配莎拉的巴西情歌，為的也是某種與平日思維不盡想同的可能性。一般往往以為紅肉該佐紅酒，煮海鮮宜用白葡萄酒，這道作法簡單、滋味濃厚的燉透抽，卻打破定見，選用不甜但富果香的紅酒，把在中式作法多半以快炒或燙煮方式烹調的透抽，燉得肉質鬆爛而入味，別具風味。

　　這道菜熱食可當前菜，附上兩片烤得脆脆的麵包；亦可當成主菜，佐馬鈴薯、米飯和庫斯庫斯都好，拌義大利麵也不錯。紅酒透抽就算冷掉了也還好吃，沒有腥味，在家開西班牙式的tapas宴時，是討喜的下酒小菜。

　　下回倘若有那冥頑不靈、恪守成見的人，堅持海鮮只能搭白酒的話，燉上一鍋紅酒透抽或花枝給那人嚐嚐吧。要是能配合播放莎拉晚年的歌聲，那敢情更好，更能展現飲食、音樂與人生的多般可能性。

紅酒透抽

🍋 材料（4 人份）

- 3 大匙橄欖油
- 1 顆洋蔥切絲
- 2 瓣蒜頭切末
- 1-1.2 公斤透抽或軟絲
- 3 顆紅番茄去皮切丁
- 1 片月桂葉

- 1 大匙番茄糊（增色用，可不加）
- 鹽和黑胡椒
- 約 150 毫升不甜的紅葡萄酒
- 1 小匙玉米澱粉，勾芡用（可省）
- 點綴用的洋香菜

🍲 作法

1. 在鍋中以中火熱橄欖油，炒香洋蔥絲至略呈透明，加進蒜末和洗淨去內臟並切成圈狀的透抽或軟絲，轉大火力，炒 3-4 分鐘。

2. 加番茄、月桂葉、番茄糊（可省略）、鹽和胡椒，再炒一會兒，注入紅酒煮約 2 分鐘。

3. 轉小火，燉煮 40-50 分鐘，前 30 分鐘不要蓋鍋蓋，後面才加蓋，到肉質鬆且爛，湯汁濃稠，不時攪拌。如果湯汁還不夠濃，可加一點用水稀釋的玉米澱粉勾芡，不加也無所謂，我通常不加。起鍋，撒上切碎的洋香菜裝飾。

🎼 音樂菜單

- *Sarah Vaughan* 的「*Brazilian Romance*」

屬於 *Leonard Cohen* 的夏日記憶

　　有一年夏天，我成天翻來覆去地聽著李歐納・柯恩（Leonard Cohen）的歌曲，為那壓抑又虛無的男聲深深吸引。在那一年蟬嘶不斷的台北炎夏，我隨著這位加拿大詩人歌手，走進一個聽來淡然卻難掩憂傷的心靈異域，暫時忘記窗外燠熱的長夏。

　　而今，另一個夏季又到了，在第一聲蟬鳴之前，我買了一張由史汀（Sting）和波諾（Bono）等歐美藝人翻唱柯恩歌曲的專輯「The Tower of Songs」（此名顯然得自柯恩的歌曲〈Tower of Song〉歌之塔）。當我聽見美國女歌手多莉・艾莫絲（Tori Amos）在鋼琴上自彈自唱〈著名的藍雨衣〉（Famous Blue Raincoat）時，多年前那個夏日的清冷回憶不期然浮上心頭，這首歌正是我當年的最愛。

　　多莉・艾莫絲用她脆弱得彷彿隨時就要崩潰的女性嗓音，來詮釋這首以落寞失意男子的角度譜寫的歌曲，那歌聲中的情緒比原唱更為飽滿，在我聽來，傷痛到接近神經質，宛若受困的母獸，釋放出巨大而幽深的痛苦，深入探觸歌曲哀哀無告的內在質地。

　　比男性原作者更願意也更勇於在歌中表露情緒的女歌手，當然不只多莉・艾莫絲。她的兩位早在一九六〇年代便已出道的老前輩——瓊・貝絲（Joan Baez）和茱蒂・柯林斯（Judy Collins），也擅長用乾淨、溫潤如泥土般實在的女聲，來替男性歌曲創作者傳達他們隱藏在內心深處、卻不敢或無能為力表達的情感。

　　在幾位女性歌手演唱男性作品的樂聲中，我拿出昨天吃剩、內蕊已不再柔軟的法國棍子麵包，坐在望得見遠處台北盆地邊緣山丘的窗前，動手製作一道夏日的麵包沙拉。

這道「舊瓶新酒」的沙拉餵得飽有點餓又不太餓的胃口，味道清爽，分量扎實。我拌著沙拉，隨手為自己倒了杯冰茶，舉杯敬向屬於李歐納‧柯恩的遙遠的夏日記憶。

謝謝你，柯恩先生

當舞台上的Leonard Cohen唱出「like a bird on a wire, like a drunk in a midnight choir……」時，我右邊那位開場前嘰哩呱啦講個不停、活潑的不得了的中年女士，吸了一口氣，掏出了面紙，我偷眼看她，發覺她在拭淚，並開始輕輕抽泣。

這首歌曲大概觸動了她的傷心往事吧，說不定她也叫蘇珊*，我模糊地想著。不過，這樣的念頭剛浮現旋即又墜落，因為我的目光、我的耳朵，其實是我全副的心神立刻又回到台上的老先生那裡，他穿著雙排扣西裝、頭戴氈帽，手握著麥克風，臉微微偏向一側，眼睛半闔著，專注地唱著這首〈驚弓之鳥〉（Bird on the wire）。

多年前當我初識柯恩時，就聽過這一首歌，那時從姊姊收藏的黑膠唱片裡傳出來的，是偏高音而敏感的年輕聲音，此刻透過音響流淌整個室內體育館的，則是一個滄桑、低沉的男中音，那聲音當中似乎有更多的體諒與豁達，詩人雖已老矣，詩魂猶存，還添了歲月的智慧。

不知道什麼時候，我發覺自己手臂起了一顆顆雞皮疙瘩，面頰也被淚水沾濕了，這時我才總算明白過來，我和鄰座陌生的女士，都不是因為感傷而掉下眼淚，我們純粹就是「被感動到了」。老先生的歌聲，抑或就只是他這個人，感動了我們，那是種我無法理性分析、最直接的感動，是你在聽過幾百遍、上千遍唱片、卡帶、CD乃至iPod播送的柯恩歌聲後，終於親耳聽到、親眼看到這個人就在你面前，吟唱著一首首熟悉的歌曲時，必然會湧現的感動。

二〇〇八年的七月和十一月，我在荷蘭的阿姆斯特丹和鹿特丹，聽了Leonard Cohen演唱，這是我在那一年中做過最值得的事。在夏季的露天演出中，老先生在唱完〈I'm Your Man〉後，輕輕地對滿場粉絲說：「Thank you for keeping my songs alive for so many years.」（謝謝你們這麼多年來讓我的歌曲活著）而我其實好想對他說：「謝謝你，讓你的歌曲陪伴我從少年走到中年，從亞洲來到歐洲。」

*註：據說荷蘭三十至四十歲的女性中，名叫蘇珊的特別多，和柯恩四十年前的名曲〈Suzanne〉關。

原載於二〇〇九年二月號《PAR表演藝術》，配合該雜誌的柯恩專題而寫

麵包沙拉

✺ 材料（4 人份）

・1 條已放了一天的棍子麵包或別種原味麵包，切 2 公分見方塊狀
・1½ 大匙橄欖油
・2 瓣蒜頭切末

沙拉部分：

・250-300 公克牛番茄或小番茄，去籽，切塊
・½ 顆黃洋蔥或紫洋蔥，切絲，泡冰水去辛辣味
・1 條小黃瓜，切丁
・1 小把羅勒，切絲
・2 瓣蒜頭，切末

醬汁部分：

・1½ 大匙紅酒醋或白酒醋
・2 大匙冷榨特級橄欖油
・鹽和胡椒

作法

1. 麵包塊置大碗中，淋上 1 匙半的橄欖油，拌一拌，讓麵包蘸到油，
   放進攝氏 180 度烤箱中烤到略呈金黃，約 20 分鐘，取出，放涼。

2. 在大碗中混合沙拉部分的所有材料和已涼的烤麵包塊。在另一個
   小碗中攪打醬汁材料，到汁變稠。

3. 把醬汁均勻淋到大碗中沙拉上，拌勻，讓材料都蘸到油汁。

4. 冷藏靜置約 15 分鐘，讓沙拉入味。分盛至四個盤子或沙拉碗中，
   可墊上綠色生菜裝飾。

🎼 音樂菜單

· 「*Tower of Songs*」專輯中多莉・艾莫絲唱的〈*Famous Blue Raincoat*〉和蘇珊・薇格唱的〈*Story of Issac*〉

· *Joan Baez* 唱她寫給鮑布・狄倫（*Bob Dylan*）的〈*Diamonds and Rust*〉

· *Judy Collins* 唱狄倫的〈*Just Like a Woman*〉、〈*Like a Rolling Stone*〉以及柯恩的〈*Joan of Arc*〉

Part 3

主菜　Main course

我嚐了一口湯汁的味道，蓋上鍋蓋，把火關小，打算文火燉個二十分鐘左右。等雞肉熟爛了，我邀請的客人也應該快來了。在這初秋的晚上，我要請他們一邊品嘗這道有點酸、有點鹹，還夾雜著漬鯷魚陳香滋味的菜餚，一邊聽封存在唱片當中、卻特‧貝克低調但自有其尊嚴的幽幽樂聲……

細火慢燉布拉姆斯

越來越喜歡布拉姆斯，老覺得他的慢板樂章在高貴、古典而柔和的旋律中，似乎刻意壓抑著一股飽滿的熱情。這樣無法充分釋放的情感，比赤裸裸的激情來得更有張力，也更令我感動。也因此，我每回在家裡燉煮傳統口味的紅酒牛肉，總要聽細火慢燉的布拉姆斯。

中國菜的燉牛肉少不得八角提味去腥臊；西洋的紅酒燉牛肉則往往需要百里香和月桂葉來添香。而不論在台灣的灶腳，還是在歐洲的廚房，文火精燉是不變的原則。燉紅酒牛肉用的材料種類不少，過程看似複雜，其實烹飪方法和中國菜差別不很大，是道易學易上手的西式菜餚。

春天的午後，浴在陽光中的城市暖和而不燥熱，我從超市買來燉肉所需的一切材料，窩在有微風穿入的廚房裡，開了瓶待會要下鍋的紅酒，先給自己斟上一杯，接著就一邊喝著酒，一邊聽著布拉姆斯的管弦樂曲，洗洗切切，燒熱油鍋，準備烹煮簡單樸實但風味十足的紅酒燉牛肉。

鍋中的材料在大火燒開後，須立即轉小火苗，火越弱越好，最好在鍋子和爐火之間加塊金屬熱板，讓火力均勻，就這樣文火燉上兩小時左右，牛肉才會爛，湯汁才會濃稠美味。這是一道需要溫柔以待、耐心醞釀的佳餚。

一八五三年，年方二十的布拉姆斯認識亦師亦友的音樂家舒曼，還有他此後一生深愛的女人——舒曼的鋼琴家妻子克拉拉。世人從來無法知曉布拉姆斯與長他十歲的克拉拉之間，究竟存在著什麼樣的愛情，我們或許只有透過布拉姆斯的音樂，才能進入他壓抑的心靈

世界吧。

　布拉姆斯逝於一八九七年，享年六十四，終生未婚，醞釀四十餘年的愛情，始終在爐火上細細地燉煮著。

🎼 **音樂菜單**
- 布拉姆斯的〈D 大調小提琴協奏曲〉（慢板）、〈A 大調第二號小提琴奏鳴曲〉（平靜的行板—甚快板）、〈d 小調第三號小提琴奏鳴曲〉（慢板）、〈f 小調豎笛與鋼琴奏鳴曲〉（行板—稍慢板）、〈a 小調豎笛三重奏〉（行板）
- 另類選擇：兩首鄧麗君原唱的流行歌曲：〈月亮代表我的心〉（齊秦唱的版本）與〈我只在乎你〉（日本男歌手德永英明翻唱的日文版）

紅酒燉牛肉

🍋 材料 （4-5 人份）

- 3大匙橄欖油
- 1顆大的洋蔥切丁
- 2根胡蘿蔔切約1.5公分
  見方的小塊
- 1根洋芹切片
- 1瓣蒜頭切片
- 2大匙麵粉
- 2-3大匙甜紅椒粉
  （paprika粉）
- 1公斤牛腩或牛腱，切3公分見方

- 1½杯紅葡萄酒
- 1½杯牛骨高湯（自己熬的最好，
  不然就用罐頭湯或高湯塊兌清水，
  但須注意鹽分）
- 3小枝新鮮百里香的小葉片或1小
  匙乾百里香
- 1片月桂葉
- 200公克洋菇切片
- 鹽和胡椒
- 2大匙番茄糊

🍲 作法

1. 在炒鍋或鑄鐵燉鍋中熱1.5大匙的油，中小火炒洋蔥、胡蘿蔔、芹菜和
   蒜片，至洋蔥透明，不要炒焦，約炒5分鐘，取出備用。

2. 在碗中或塑膠袋中混合麵粉和甜紅椒粉，倒入牛肉塊，讓肉均勻沾上
   麵粉。

3. 在剛才用過的鍋中加進尚未用的1.5大匙油，沾了麵粉的牛肉分兩批下
   鍋，煎至金黃。

4. 炒過的菜料回鍋，加番茄糊拌炒，續入紅酒、高湯與香草，大火燒
   開。

5. 如果用的是炒鍋，將牛肉連汁帶菜移至砂鍋或燉鍋中，小火燉煮約1.5
   小時後，加洋菇片再煮半小時左右，視口味加鹽和胡椒調味，嚐嚐看
   肉夠不夠爛，不夠的話再燉一會兒，最後撈出月桂葉即可。佐以水煮
   馬鈴薯、薯泥或法國麵包，愛吃米飯的，配白飯也行。

偶然的天使之髮

　　偶爾會想離開熟悉的常軌，去做一些不那麼中規中矩、卻還不致離經叛道的事。在廚房裡也是這樣，有時明明打算燒一道菜，卻在打開冰箱的那一瞬間，瞥見另一種似乎更有趣的材料，霎時改變心意，更動早就做慣的既定食譜，從事烹飪實驗。

　　有道不中不西、不乏義大利味又帶點法國風的「番茄海味洋麵線」，就是如此這般「發明」出來的。

　　那天下午去逛超市，看見紅番茄已上市，紅豔豔的，很甜美可口的樣子，便買了一大袋，準備燉煮義式番茄肉醬。回家的路上，儘管手裡拎著購物袋，仍抵擋不了超市二樓的唱片行的誘惑，走進店裡東逛逛西走走，順便試聽，一出手又為家裡的CD櫃添了三張新成員。其中一張是古典小提琴名家帕爾曼（Itzhak Perlman）與爵士樂鋼琴家奧斯卡‧彼得生（Oscar Peterson）合作的專輯，帕爾曼這一回可不是演奏巴哈、貝多芬或布拉姆斯，而是走出嚴謹的古典道路，飆起貨真價實、不折不扣的爵士樂！

　　經過這一番折騰，比預計晚了一個多小時才回到我的小窩。五樓窗口外的天色已黯沉，遠處的高樓層大飯店燈火輝煌，黃昏了。

　　晚春初夏時節，天氣有些悶熱，氣壓有點低，怕是要下雨了。我失去站在爐火前燉煮肉醬的興趣，打開冰箱，裡頭有現成的熟蟹肉，當下決定改做可以迅速完成的醬汁，就用剛買的番茄加上蟹肉。（後來又有一次改用蝦仁，也很好吃——如今更常做「蝦仁版」。）

　　我一邊聽著離開古典樂常軌的帕爾曼和前輩彼得生搭檔隨興演奏爵士樂，一邊用中式炒菜鍋加熱一小塊法國諾曼第進口的牛油，另

外燒開一大鍋水，準備趁著烹調醬汁時，來煮形似麵線的義大利「天使之髮」麵（Capelli d'angelo，英文名為Angel's Hair）。台式麵線一般得煮至熟軟但不爛，義大利吃天使之髮這洋麵線，卻講究麵體須外軟內韌，非得「彈牙」（al dente）不可。

我呢，吃義大利麵也奉al dente為最高指導原則，因此，洋麵線只能在加了一匙鹽的沸水裡，大火滾煮兩分半鐘就撈出，即刻拌入剛做好的番茄蟹肉醬中，兜兩下便起鍋。就這樣，我從踏進家門到一盤爽口對味的麵食熱騰騰上桌，總共只費時三十分鐘不到，要是按原訂計畫燉肉醬，起碼得花上兩小時，豈不餓到自己跟自己翻臉。

我換了唱片，改成聽凱斯·傑瑞特（Keith Jarrett）與丹麥木笛演奏家裴翠（Michala Petri）合作的木笛奏鳴曲，這張專輯與燒菜時聽的音樂恰好背道而行，是傑瑞特這位以即興演奏功力出神入化而知名的鋼琴家，暫時離開較為樂迷所知的爵士樂軌道，一板一眼地彈奏起韓德爾的作品。不管是哪張唱片，好像都讓我不照計畫燒出的晚餐更美味了。

天終於落雨，我在不受打擾的都市一角，聽著不一樣的Keith Jarrett，享用隨興烹調的洋麵線，又度過一個屬於自己的自在夜晚。

快速版海鮮義大利麵

🍋 材料（4 人份的主菜或 6 人份的前菜）

- 400公克天使之髮義大利麵
- ½小條牛油（約60公克）
- 2瓣蒜頭切末
- 400公克海鮮

（如熟蟹肉燙煮過的蝦仁或透抽、章魚等）

- 3大顆去皮去籽的牛番茄切丁*
- 1小把九層塔撕碎
- 鹽和胡椒

＊快速將番茄去皮的方法請參考〈基本款義大利麵番茄醬汁〉（參見本書第97頁）

🍲 作法

1. 將一大鍋至少 3 公升半的水燒開。牛油加進炒菜鍋中，小火融化，加入蒜末炒香。火力切勿太大，以免牛油和蒜頭焦黃。

2. 把麵線加進在已沸騰的水中，在煮麵水裡加 1 大匙鹽，大火煮，等水又滾起來，計時 2 分半至 3 分鐘煮麵。

3. 炒鍋下的火力轉成中火，蟹肉或蝦仁入炒菜鍋略炒幾下，將番茄丁倒入炒鍋裡，炒約 1 分鐘即加鹽和胡椒調味。

4. 撈出煮好的洋麵線，加進炒鍋中，撒九層塔，如果覺得醬汁有點乾，可酌情加一匙煮麵的水，把醬和麵拌勻，即可起鍋。

🎼 音樂菜單

- 帕爾曼、彼得生合作的爵士樂專輯「Side by Side」
- 傑瑞特、裴翠合作的古典樂《韓德爾木管奏鳴曲》

當 *Pavarotti* 遇見 *pasta*

　　提起義大利菜，首先會浮現在你腦海的，會不會是義大利麵
（pasta）？

　　而講到義大利歌劇，你應該不會忘記那個留著落腮鬍、演唱時
愛拿條白手帕的巨星帕華洛帝（Luciano Pavarotti）吧。

　　Pavarotti和pasta都是我很早便知道，也很早便開始鍾愛的人與
物。

　　很久以前，那時我不過十三、四歲，有一天跟著已經上大學的
姊姊去「台映」試片室看費里尼導的義大利電影「羅馬」（Fellini's
Roma）。看完電影，走出幽暗的放映間，縈繞在我心頭、最教我念
念不忘的，不是什麼羅馬的古蹟名勝，而是影片中眾人在街頭大吃大
喝的熱鬧場面。銀幕上的大人小孩面前都擺了盤油亮亮、紅澄澄的麵
條，那麵比我吃過的各種麵條都來得寬而扁，銀幕下的我看著劇中人
狼吞虎嚥、大快朵頤的場景，口水都快流出來了，那是貪吃的我和番
茄義大利麵的第一次接觸。

　　好幾年後，我又發現另一樣令我著迷的義大利事物──帕華洛
帝悠揚美妙的抒情男高音。有一陣子，每晚睡前都要聽他的精選輯，
把他唱的最膾炙人口的義大利通俗民謠和歌劇詠嘆調都聽上一遍，才
覺得安心，其中當然包括那首最最通俗、可也讓我最聽不厭的〈我的
太陽〉（O Sole Mio）。

　　Oooo Sole Mio……澄紅的太陽，令我聯想起「羅馬」片中那一
盤盤看來可口美味的番茄醬汁寬麵。閱讀帕華洛帝傳記後赫然發覺，
這位體重一百公斤以上的男高音，和大多數義大利人一樣，最愛吃的

家鄉菜就是媽媽親手烹調的pasta。

　　直到現在，當我在廚房裡燉煮基本的義大利番茄醬汁時，仍舊愛聽帕華洛帝用他銀鈴般清脆卻富有感情的嗓音，演唱一首首我早已耳熟能詳的歌曲。

　　我用木杓攪拌鍋中豔紅的番茄醬汁，混合著白葡萄酒和月桂葉的幽幽香味，隨著氤氳的熱氣，緩緩向鼻尖襲來。醬汁逐漸濃稠，顯然就快要燉好了，帕華洛帝唱著〈公主徹夜未眠〉的高亢歌聲，從屋子另一頭的揚聲器流進耳裡，還有一些音符索性掉落在鍋子裡，給我的麵醬多加一點義大利味。感謝帕華洛帝大駕光臨，替我的pasta調味。

 音樂菜單
‧帕華洛帝的精選輯「*Tutto Pavarotti*」

韓良憶的音樂廚房

基本款義大利麵番茄醬汁

✳ 材料（可配 400 公克的麵）

- ・1.2公斤紅番茄，越紅越好
- ・½顆大的洋蔥，切丁
- ・2瓣蒜頭切末
- ・1大匙番茄糊（可省）
- ・125毫升不甜的白葡萄酒（約莫一葡萄酒杯分量）

- ・2片月桂葉
- ・3大匙橄欖油
- ・鹽和黑胡椒

🍲 作法

1. 洋蔥和番茄切碎備用。在番茄頂上用尖刀淺淺地劃十字紋，用熱水汆燙20～30秒，迅速沖冷水，以便撕去外皮，挖掉籽，將果肉切成丁。

2. 爐子開小火，在燉鍋中加橄欖油，待油已熱但未冒煙時即下洋蔥和蒜末，炒至洋蔥透明且傳出香味，大約5、6分鐘，注意不可炒焦。

3. 加番茄丁炒一下，如果覺得番茄顏色不夠紅，可酌加番茄糊，不加也可。

4. 加白酒和月桂葉，小火燉煮20至30分鐘，不時攪拌，以防焦底，等醬汁濃稠時，加鹽和胡椒調味，取出月桂葉丟棄不要。大功告成。

吃涼麵的好日子

　　不必趕早起床的日子，我臨睡前不設定鬧鐘，任憑陽光穿透窗簾縫隙，照進屋內，把自己曬醒，然後打開所有的窗子，讓還來不及被暑氣蒸熱的晨間空氣，統統流進來。

　　陽光如此燦然，我放了張愛爾蘭長笛演奏家高威（James Galway）的小品音樂，在他改編並演奏葛利格《皮爾金》組曲〈清晨〉的樂聲中，走到陽台張望。湛藍的晴空，大朵大朵的白雲緩緩飄過，又是吃涼麵的好日子。

　　這一個夏季，我迷上了涼麵，在超市裡採購形形色色的麵條，有日本的蕎麥麵、綠茶麵、素麵，中式的雞蛋麵、意麵，還有義大利的spaghetti、penne與linguine。白的、綠的、棕的、淺黃的、圓而直的、管形還兩頭尖尖的、細而扁平的⋯⋯各式各樣色澤、形狀與大小不同的麵條，喜氣洋洋地在我的櫥櫃裡比鄰而居、爭奇鬥豔，等著上場。

　　要讓涼麵爽口美味，麵體的柔韌度是關鍵之一。江浙人吃煨麵，得把已滾水煮至七分熟的細麵加上菜碼和湯，一起煨到麵體軟爛，吸收了菜和湯的滋味，才叫道地，才能端上桌。可是預備拿來冷食的涼麵，千萬不可煮得太軟，在麵條煮到將近全熟前那一刻，就得撈出熱氣蒸騰的滾水，馬上沖冷水，使其急降溫，跟著再瀝除多餘的水分。這一套類似三溫暖的程序，讓麵條吃來既有勁道，又不致夾生，看個人口味再拌上五花八門的醬料和菜碼，中看又中吃，適合又充腸。

　　我在夏天常做一道「義大利式」的涼麵，不敢說它是正宗的義

大利菜，因為食材東、西合璧，運用了番茄、九層塔和蔥花等常見的台灣農產品，混合來自義大利的pasta、橄欖油與陳年香脂醋，嚐來雖有一點義大利風，可到底仍帶著台灣味，故不宜大剌剌稱之為義大利菜，頂多是義大利式。

這道麵食是我自由心證的「發明」，哦，不，應該說是「改編」才對。我當初在英文食譜書上看到原始作法，等自己動手做時，卻一時心血來潮，沒照規矩來，硬是更動了幾個程序，做成了夏日的涼麵。日頭炎炎，涼麵吃來清爽多了，不是嗎？

品嚐義式涼麵時，我總愛附上一杯冰涼的薄荷茶，說不上來是什麼道理，就是覺得應該要這樣才夠味，另外還需有高威的長笛音樂來佐餐，尤其是他改編的古典樂小品和傳統民謠。悠揚的笛聲宛如一股清風，穿越都市上空燥熱的大氣層，拂動奄奄一息的行道樹，飄進我的廚房。

接近正午了，陽光越來越熾烈，我聽著高威吹奏巴哈那首膾炙人口的〈G弦之歌〉，在砧板上喳喳喳地切著碧綠的蔥花和紅豔的小番茄，絲毫不覺得天氣炎熱。清涼柔美的笛聲讓我身心皆感安適，更何況，花不了多少工夫，也要不了多久，我就有對味的涼麵可以吃了。

🎼 音樂菜單

- 高威的「*The Concerto Collection*」和「*Masterpieces: The Essential Flute of James Galway*」，尤其推薦德布西的〈棕髮少女〉與〈月光曲〉、葛利格的〈清晨〉、巴哈的〈*G* 弦之歌〉
- 爵士樂鐵琴手 *Bobby Hutcherson* 的「*Skyline*」，特別是改編自電影「超人」主題曲的〈 *Can You Read My Mind*〉
- 汪若琳唱的國語流行歌曲〈有你的快樂〉聽來也舒適又清涼。

義式涼麵

✾ 材料 （4人份）

- 300公克義大利麵（長麵或短麵如筆管麵都可，選你自己喜歡的）
- 1大匙半冷榨特級橄欖油
- 300公克小番茄，擠去籽，一切為四
- 2根青蔥切蔥花
- 1小把九層塔或羅勒葉片，留幾片完整的做裝飾，其他撕碎
- 半大匙義大利陳年香脂醋
- 3瓣蒜頭切末
- 鹽和黑胡椒

🍲 作法

1. 在大碗中混合除麵和完整的九層塔葉片以外所有材料，覆上包保
   鮮膜或蓋子，放冰箱冷藏半小時使入味。

2. 義大利麵入加了鹽的滾水煮，時間以包裝外註明的長度為準，撈
   出來後，立刻用過濾冷水沖涼，或浸在加了冰塊的冰水中，使麵
   急速降溫，瀝乾備用。

3. 把1.和2.拌在一起，分成四盤，麵上擺尚未用的九層塔和羅勒葉片
   作裝飾，上菜。

貝多芬的心情

　　剛上小學的時候，斷斷續續在阿嬤家住過一段時間。阿嬤生於日本殖民時代，受的是日式教育，飲食習慣自然受到日本影響，講究食材要好，並喜愛以清淡原味來突顯食材之美，好比說白切肉吧，選好的三層黑豬肉，白水煮熟了，切點蒜末，混合成蒜味醬油，用以蘸食，素樸而美味。

　　記得阿嬤最常為我料理的，是油煎旗魚，我當時也特別愛吃兩面煎得金黃的旗魚排，沒有刺，又香。每回阿嬤要煎旗魚，我就會搬把小板凳，坐在廚房外的後院裡，貪心地嗅聞著煎魚的香味。好像總在這個時刻，隔鄰放學回家的大姊姊會叮叮咚咚地開始練琴。年幼如我，自然弄不清楚那樂曲是什麼，後來台北市的垃圾車開始放起〈給愛麗絲〉，才曉得鄰家姊姊彈的原來就是貝多芬這首再通俗不過的小品。

　　直到現在，我依然喜愛旗魚的滋味，只是不再獨沽一味，僅以油煎，有時會加點蔥薑蔭油燜煮一下，有時敷以糖、酒和味噌醃上一天，烤食後淋檸檬汁。我也拿它來做西式菜餚，其中較常做的是帶著點地中海風味、還摻了一點點醬油的橙汁魚排。

　　在我的小廚房裡醃泡、烹調橙汁旗魚時，我通常聽貝多芬創作生涯中期的弦樂四重奏。早期的貝多芬，作品仍受海頓和莫札特影響，正致力於找尋自己的風格。到了完全失聰的晚期，他的作品變得複雜、嚴謹，具有內省和冥思的性質，對像我這般的普通樂迷來說，難免有點沉重。

　　於是，貝多芬的中期作品就成了我較常聆聽的曲子，尤其是他

一八〇四至一八一〇年的樂曲，這一階段的貝多芬作品已擺脫前人的影子，找到了自己的路，卻又不會太過艱深，讓我比較容易進入那樂聲中。

在這個時期，貝多芬的聽力正逐漸變差，譜寫出來的弦樂四重奏技巧和旋律性卻很強。這一系列樂曲正是我在烹製、品嘗橙汁旗魚時，最愛用的「佐料」。

這道魚餚的醃料兼淋汁用了鮮橙汁、橄欖油和醬油，佐料中還有義大利與西班牙菜中常見的酸豆（capers），不多不少，恰好亦是四樣，組合成不太甜、不太酸、恰到好處的味道，算是另類四重奏，不但能中和魚肉的腥，更能突顯出其味之鮮。

我聽著奧地利貝爾格四重奏（Alban Berg Quartet）兩把小提琴、一把中提琴與一把大提琴的組合，以幾乎完美卻不張揚的技巧，不慍不火地演奏貝多芬，一邊在鍋中煎著魚，恍然間又回到多年以前那些飄揚著不知名音符的黃昏，它們是那麼平靜祥和，彷彿許諾著某種無以名狀的幸福。

♪ 音樂菜單
- 貝爾格四重奏演奏貝多芬中期弦樂四重奏：第八號第四樂章、第九號第二樂章、第十號第三樂章、第十一號第四樂章

橙汁旗魚

🍋 材料 （4 人份）

· 1/4杯新鮮橙汁或柳丁汁

· 1½小匙醬油

· 2大匙橄欖油

· 4片旗魚排（每片150至200公克）

· 鹽和胡椒

· 2大匙酸豆，泡一下水再瀝乾

· 冰牛油一小塊，約30-40公克，切丁

· 裝飾用洋香菜屑

🍲 作法

1. 混合橙汁或柳丁汁、醬油、1大匙橄欖油，攪打均勻即成醃汁。

2. 魚肉放入深盤或寬口大碗中，淋上醃汁，撒少許鹽和胡椒，醃20
   至30分鐘。

3. 中火燒熱另1大匙橄欖油，魚排瀝去過多的醃汁，但醃汁不可倒
   掉。兩面煎魚，邊煎邊淋上1、2小匙的醃汁，一面煎約4分鐘。取
   出置溫熱的盤上備用。

4. 剩下的醃汁統統倒入煎鍋，大火加熱，酸豆下鍋，邊煮邊刮鍋底
   殘渣，讓它和汁混合，煮1分半至2分鐘。

5. 冰的牛油丁下鍋，煮至牛油融化，湯汁變稠，撒洋香菜屑，淋在
   魚排上即可。可搭配白飯、水煮馬鈴薯或法式棍子麵包。

彷彿在挪威的森林

多年以前，在紐約一家標榜斯堪地那維亞風味的小店，初次嚐到燻鮭魚的美味。只見一大片黑麥麵包上，抹著厚厚乳白色的奶油乳酪，上面疊著薄薄的鮭魚片，還有星星點點的洋蔥末。那魚看似生的，粉紅色的魚肉夾著白紋油脂，一口咬下，卻不是日式的沙西米生魚片，好嫩，帶點燻香味，原來是低溫燻製的挪威燻鮭魚，因為脂肪足，幾乎是入口即化，卻油而不膩，想來是微酸的乳酪和辛辣的洋蔥起了中和的作用。這份北歐式三明治讓我一吃驚豔，從此愛上來自遙遠海域的鮭魚。

後來才知道，盛產鮭魚的不只接近極地的北歐國家，蘇格蘭、愛爾蘭與加拿大也都生產一流品質的煙燻鮭魚。不過，大概是先入為主吧，我始終頑固地以為，鮭魚就該屬於即便陽光普照、晴空湛藍、空氣卻依然清冷的斯堪地那維亞，也因此，對我來說，把鮭魚和來自北方海域的音樂連在一起，便成了天經地義的事。

夏日時分在家款待三五好友，我愛用挪威煙燻鮭魚，拌上洋蔥、酸豆，淋上檸檬汁，再加上一小枝蒔蘿（dill）點綴點綴，佐以烤得脆脆的薄片吐司麵包，就是道清涼開胃的前菜。

客人中倘若有橫豎不肯生食的死硬派，我也有辦法，改做檸檬蜂蜜鮭魚排吧。就拿台灣絕大部分廚房一定有的醬油，加上麻油或橄欖油，混合檸檬和蜂蜜，做成醃汁浸泡魚肉，取出魚排後，這汁可別倒掉，可以煮滾稍濃縮後當成醬汁，絲毫不浪費。

在爐上烙煎魚排時，我放挪威作曲家葛利格（Edvard Grieg）的《皮爾金》組曲中的〈索爾薇亞之歌〉與《霍爾堡》組曲中的〈薩拉

邦泰舞曲〉，和朋友分享。葛利格的音樂旋律抒情甜美，在歡悅的熱情中卻似乎帶著一抹淡淡的憂傷，這位北歐作曲家在譜曲時是否隱隱地想到，極北之地那明麗得好不真實的夏季終會過去，漫漫永夜勢將到來？

聆聽他的樂曲，常會令我不由得幻想起自己置身於挪威夏季的森林。樹蔭遮蔽處，空氣仍然有點冷冽，寒風依舊料峭，可沐浴在穿透松樹林梢灑下的陽光中，卻是那麼暖和，裸露的皮膚甚至感覺得到似有若無的熾熱。就在那悠揚的樂聲中，窗外悶熱潮濕的台北，彷彿暫時離我遠去

我沉浸在這樣的想像中，一邊煎著魚，一邊和友人閒話家常，偶爾啜飲一口擱在料理台邊上的清涼白葡萄酒。在來自北方的音樂中，等著享用油潤豐美的鮭魚排。

🎼 **音樂菜單**
- 葛利格《皮爾金》組曲、《霍爾堡》組曲（好比說卡拉揚指揮柏林愛樂管弦樂團的版本）
- 挪威薩克斯風手 *Jan Garbarek* 和巴西的 *Egberto Gismonti*、美國的 *Charlie Haden* 合作的爵士樂專輯「*Magico*」
- 披頭四合唱團的〈*Norwegian Wood*〉或伍佰的〈挪威的森林〉

| 美味
主題曲 | **檸檬蜂蜜鮭魚** |

材料 （4 人份）

- 4片鮭魚排或魚柳，每片約150-200公克
- 5大匙蜂蜜
- 2½大匙醬油
- 1顆黃檸檬，如能買到有機的更好
- ½大匙麻油（或橄欖油）
- 少許煎魚用的蔬菜油
- 辣椒粉適量
- 黑胡椒
- 炒過的白芝麻（可省）

作法

1. 用熱水洗檸檬一會兒，把皮上的蠟盡量洗掉。削下黃色的皮絲，放小碗裡，覆保鮮膜或蓋上小碟子備用。擠出檸檬汁。

2. 在寬口碗或深盤中混合檸檬汁與除鮭魚、白芝麻外其他所有材料，即成醃汁。把魚加進汁裡浸泡約半小時，勿醃太久，以免檸檬酸把魚醃「熟」了。

3. 平底不沾鍋中抹薄薄一層蔬菜油，鍋子七成熱時將魚下鍋，以中火煎至一面金黃了，翻面再煎。

4. 取出煎好的魚肉，置於溫熱的盤子上。把醃汁倒進煎鍋中，大火煮沸後，再煮1至2分鐘，讓汁濃縮到一半，淋在魚排上，撒點檸檬皮絲和白芝麻點綴。配白飯或庫斯庫斯（couscous）。

德州陽光下

烤得外脆裡嫩、焦香四溢的美式豬肋排，常常令我聯想起德州的陽光，大剌剌的，豪邁又爽快，讓久經都市人情世故洗禮的旅人，感受到乾脆又率直的熱情。

在節氣雖已入秋、天氣卻尚未真正轉涼的時候，選一個假日，排開一切雜務，上菜場大肆採購，準備烤上兩大條肋排，邀請兩三位好友，與我分享德州風味的熱情陽光。

吃過最美味的肋排，就是在美國這個南方大州。聖安東尼奧陽光燦爛明媚，遠離了台北的綿綿陰雨，我感受到晴天的好心情，戴上墨鏡，脫掉笨重的大衣，只穿一件羊毛衫和一襲法蘭絨長裙，佇立在西班牙殖民時代基督教會遺蹟的石牆腳下，凝視著一片原野，暖和的冬陽溫柔地灑在大地和我的身上。

眼前曾是白人拓荒者與印第安原住民流血激戰的現場，此刻卻是雲淡風輕、一片祥和，彷彿一切從來都沒有發生過。我不久前才在市區的運河邊，和弟弟夫婦倆痛快大啖烤肋排，好滋味猶在唇邊，著實難以想像曾經有人為了捍衛家園，在這兒斷送了生命。

我甩甩頭，暫時不去多想歷史的雲煙，這時的我只願品味現世的喜悅。

德州的陽光，我無法搬回台灣；在聖安東尼奧嚐到的美味肋排，卻可以動手烤來與親友共享。雖然台灣有不少西式餐廳也供應這道烹調方法簡單、只是做來有點費時的菜餚，然而我總覺得，在自家廚房中烤出的肋排，吃起來的滋味就是不一樣，其中除了有大塊吃肉的豪情，似乎還蘊含了溫暖的人情。這會不會是我在烤肋排時聽的音

樂幫了忙呢？

　　華裔大提琴家馬友友出生於巴黎，在紐約長大，和德州其實並沒有多大關聯。可他和另外兩位美國音樂家合奏的美國傳播歌謠與帶有民謠風的現代樂曲，卻是我在烹調和品嘗烤肋排時，最常聽也最愛聽的音樂。

　　這張叫做「阿帕拉契華爾滋」（Appalachia Waltz）的專輯唱片，樂聲時而豪放熱情，時而悠揚動人，帶著美國西部拓荒風味的旋律，使我想到德州那遼闊的原野，還有聖安東尼奧冬日令人難忘的暖陽。

　　在等候肋排烤熟的空檔，我搬了把椅子坐在窗邊，闔上雙眼，感覺日光曬在臉上微微的溫熱。馬友友的琴聲從屋子一角傳來耳邊，肋排熱辣的香味則從烤箱裡爭先恐後地鑽入我的每個毛孔。有那麼一剎那，我幾乎要忘了自己身在何方，捨不得睜開眼睛。

♪ 音樂菜單
・馬友友與 *Edgar Meyer*、*Mark O'Connor* 合作的
　「*Appalachia Waltz*」

香烤肋排

✿ 材料 （4人份）

- 1½公斤豬肋排（事先跟肉販訂，請對方不要剁成小塊）

醃料：

- 5大匙蔬菜油
- ½小匙甜紅椒粉
- ½杯黃砂糖或紅糖
- 2小匙美式或法式芥末醬
- 1小匙鹽和胡椒
- ½小匙薑末
- 3瓣蒜頭，拍扁壓碎
- ½杯番茄糊或番茄醬

- ½杯橙汁
- 1個小的洋蔥，切末
- 1小把洋香菜，切碎（不要梗）
- 1大匙辣醬油（又稱辣香醋，即 Worcestershire sauce）
- 辣椒醬或塔巴斯可辣汁適量（不喜歡辣味的可省）

🍲 作法

1. 混合醃料中的所有材料，需注意，如果是用番茄醬，糖量需減少，因番茄醬內已含不少糖分。

2. 用醃料醃肋排，放入冰箱冷藏至少6小時或隔夜。

3. 預熱烤箱至攝氏180度，從醃料中取出肋排，置塗了油的烤架上，入烤箱35-40分鐘即可，中間需翻面3、4次。保留剩餘的醃料，分成兩份，一份加熱煮沸做成蘸醬，另一份用來塗烤肋排，肋排每翻一次面，需再用刷子塗抹一點醃料在肋排上。最後10分鐘注意一下肋排的顏色，如果太深了怕烤焦，可在肋排上輕輕覆蓋一張鋁箔紙。

秋天的幽香

　　從來也沒思索過，每一回燉煮白酒橄欖雞的時候，為什麼總會信步走到CD架前，抽出一兩張卻特‧貝克（Chet Baker）的專輯，聽他或以迷濛疏離的嗓音，或用慢條斯理且含蓄的小號樂聲，陪著我在廚房裡烹製這道清爽的燉雞肉。

　　這個初秋的傍晚，暑氣仍未完全消散，涼意卻已隱約浮現，我啜飲著冰涼的加州夏多內（Chardonnay）白酒，順手倒了半杯進爐上那口燉鍋，那鍋裡已炒好了雞肉、黑橄欖和鯷魚。我站在爐前，聽著貝克輕柔地吟唱〈It Could Happen to You〉的歌聲，鍋中的湯汁煮滾了，發出咕嚕咕嚕的細微聲響，我攪一攪鍋子，幽幽的酒香撲鼻而來，就在那一剎那，我似乎有所體悟。

　　白酒橄欖雞那略帶酸澀卻不失醇厚的複雜滋味，和卻特‧貝克慵懶憂傷又帶著點滿不在乎調調的聲音，竟如此相近啊！

　　美國爵士樂史上不乏悲劇性人物，一九二九年出生的貝克是其中一位。他是西岸酷派爵士樂（West Coast Cool Jazz）的代表樂手，二十三歲那一年拎著小號，和薩克斯風手傑瑞‧茂利根（Jerry Mulligan），又吹又唱地合作〈My Funny Valentine〉。

　　酷似好萊塢叛逆男星詹姆斯‧狄恩（James Dean）的英俊外型，加上能唱又能演奏的才華，讓這個白人小夥子一舉成名，在以非洲裔樂手為主流的爵士樂壇闖出天下。然而，伴隨著名利而來的壓力，卻使得他幾乎是宿命地沉迷於毒品，酗酒成癮，走上眾多爵士樂手共通的毀滅之路。他屢次戒毒不成，吸毒惡習還害得他坐過牢，一九八八年在荷蘭阿姆斯特丹投宿的旅館墜樓喪生，據調查，可能是因酒後吸

食毒品，神志恍惚而不慎失足。

在貝克一九五〇至六〇年代的錄音中，正值英年卻已身染毒癮的他，淡漠地唱著歌、吹奏著小號，柔和的樂聲中有種既頹廢自棄卻又驕傲自尊的味道，如此矛盾，又如此真實，那錯綜複雜的況味，教人幽然神往，也禁不住黯然嘆息。

我嚐了一口湯汁的味道，蓋上鍋蓋，把火關小，打算文火燉個二十分鐘左右。等雞肉熟爛了，我邀請的客人也應該快來了，在這初秋的晚上，我要請他們一邊品嘗這道有點酸、有點鹹，還夾雜著漬鰻魚陳香滋味的菜餚，一邊聽一聽封存在唱片當中、卻特·貝克低調但自有其尊嚴的幽幽樂聲。

 音樂菜單
· *Chet Baker* 的專輯：「*Chet Baker: With String*」、「*She Was Too Good to Me*」、「*Chet Baker Sings: It could Happen to You*」

| 美味主題曲 | 白酒橄欖雞 |

❋ 材料（4人份）

- 3大匙橄欖油
- 3瓣蒜頭，切片
- 鹽和胡椒
- 2大匙白酒醋
- 2-3小條油漬鹹鯷魚柳切碎
- ½杯不甜的白葡萄酒
- ½杯雞高湯或蔬菜高湯（參見本書第25頁）
- 4隻大雞腿或1隻雞（頭、爪不要，請雞販替你剁成大塊）
- 40顆去籽黑橄欖，一半保持完整，一半剁碎

🍲 作法

1. 把油加進大鍋中，雞腿撒鹽和胡椒，加進鍋中以中火煎至表面金黃，加蒜片再煎炒1分鐘。

2. 加進醋、橄欖和鯷魚，煮1-2分鐘，倒入白酒，火力轉大，讓湯汁煮滾並收乾至僅餘一點湯。偶爾需攪動一下鍋中雞肉。

3. 加進高湯，煮滾後蓋上鍋蓋，轉文火，燉煮至雞肉熟爛，約20分鐘或更久。中途需將雞腿或雞塊翻面一次，讓雞肉平均受熱。用一根筷子插雞肉，很容易穿透時表示肉夠爛了。佐胚芽米飯和庫斯庫斯很對味，也可混搭愛爾蘭香蒜薯泥（參見本書第69頁）。

你要去史卡波羅博覽會嗎？

打從少女時代直到現在，一直都覺得「賽門與葛芬柯二重唱」（Simon and Garfunke1）灌錄於一九六六年的〈史卡波羅博覽會／讚美歌〉（Scarborough Fair/Canticle），是一首「芬芳」的歌。

「你要去史卡波羅博覽會嗎？洋香菜、鼠尾草、迷迭香與百里香。代我問候住在彼方的佳人，她曾是我的摯愛。」

在悠揚的民歌風吉他前奏之後，緊接著，和諧而優美的男聲二重唱輕輕唱起這首乍聽婉轉、平靜，待仔細一聽卻會讓人哀傷浮上心頭的流行民謠。

頭一回聽到這首歌，是在一九七〇年代，總之是我正著迷於美國民謠、楊弦的中文創作歌謠，還勤練鋼弦木吉他的時代。

那時我剛上高中，自認英文成績不錯，歌中重複吟唱的「Parsley, sage, rosemary and thyme」，卻是我在課本和參考書上沒見過的陌生字彙。翻開姊姊書架上厚厚一大本梁實秋主編的英漢大辭典，查到中文翻譯，才知道賽門與葛芬柯不厭其煩、彷彿吟誦咒語般唱著的這四個英文字，原來分別代表自中古世紀以來就被廣泛利用於醫療或烹調上的四種西洋藥草。

雖說時到今日，我依然不明白，賽門和葛芬柯為何要在這首隱藏反戰訊息的悅耳歌謠中，反覆吟唱這四種藥草的名字，但是我必須承認，當時的確被這四個字組合在一起的奇妙音韻所蠱惑了，聽著聽著，老懷疑自己嗅聞到一股幽香，它說不定從古遠以前便流傳下來，如「真言」（mantra）一般，散發某種安定的力量，讓處在多變世界中的人可以比較心平氣和地去面對和思考歌中承載的憂傷，還有對戰

爭殘忍本質的抗議。

　　或許就緣於這首歌吧，我對這四種藥草有著說不上來的偏好，這是不是因為我依然在懷念那段自以為已理解人世冷暖、其實什麼都不懂的青春歲月呢？

　　台灣的市場裡不是那麼容易買到新鮮的鼠尾草和百里香，洋香菜和迷迭香則在大型超市和專賣進口雜貨的店裡看得到。我在煎烤牛排、豬里肌、雞肉和魚排時，常常會順手撒些洋香菜和迷迭香，讓原本平凡無奇的菜餚頓時芳香四溢，滋味不凡。

　　這個時候，難免又聯想到〈史卡波羅博覽會〉。我把爐火關小，走至唱機前，放下賽門與葛芬柯的精選輯。完美的歌聲幽然響起，我好似見到一位白衣黑裙的少女，端坐在書架前，專注地查著一本大辭典，當賽門和葛芬柯唱到那咒語一樣的四個字時，這個不知世事的少女側過臉來，對著成年以後的自己盈盈微笑，那笑容中的訊息依稀是，世事變幻無常，可妳依舊是我，這是永遠不會改變的事。

　　拿著炒菜鏟的我，怔怔地盯著昔日的自己，一時竟無言以對。

後記

　　如今在台灣市面上，不只洋香菜和迷迭香不難買得到，包括鼠尾草和百里香等各種西洋烹飪藥草，在超市都看得到，花市也有盆栽，買上一盆種在陽台或院子裡，可供觀賞也可供烹調。

香草檸檬雞

🍋 材料 （4人份）

- 4片去皮雞胸肉或去皮去骨雞腿肉
- 60-70公克牛油，約半小條
- 新鮮洋香菜、鼠尾草、迷迭香和百里香切碎（可隨己意組合）
- 鹽和黑胡椒
- ½顆檸檬的汁和黃色果皮的碎粒

🍲 作法

1. 雞肉用刀背拍鬆，撒少許鹽和胡椒，平底鍋中加進一小塊牛油，兩面煎雞肉，到雞肉呈金黃色且熟了以後盛起，放在溫熱的盤子上保溫。

2. 中小火融化其餘的牛油，加進香草、鹽和胡椒、檸檬汁和皮，攪拌後即成醬汁，淋在雞排上。可佐烤馬鈴薯、炸薯條和生菜沙拉。

🎼 音樂菜單

- 賽門與葛芬柯二重唱精選輯「*The Definitive Simon and Garfunkel*」：〈*Scarborough Fair/ Canticle*〉、〈*Sound of Silence*〉、〈*El Condor Pasa*〉、〈*Bridge Over Troubled Water*〉

燉著紅酒雞的那一晚

天氣慢慢轉涼了，傍晚經過家後面的小巷，聞到一陣麻油雞的酒香，不知是從哪一戶公寓的廚房傳出來。才剛過中秋節，就已經有人迫不及待地冬令進補了嗎？

拐到洗衣店取回乾洗的衣物，總是笑嘻嘻的年輕老闆娘手腳俐落地收錢、交貨，眼角餘光似乎還盯著播映著連續劇的電視螢光幕。時候竟然已這麼晚了，我得加快腳步回自己的小窩，熱上一鍋上週末趁著假日燉煮的勃根民紅酒雞，放幾張法語老歌唱片，讓紅酒雞的醇香與歷久彌新的悠揚音符，飄揚在秋夜的暈黃燈光下，撫慰我疲憊而緊繃的神經。

乍涼還暖的時節，我喜歡買一瓶價格中等的紅酒，半瓶用來燒菜，然後約好友來家裡，一邊享用這道帶有法國中部勃艮第地區傳統風味的燉雞，一邊喝光另外那半瓶紅酒，喝完了再開一瓶。

熱騰騰的紅酒雞經過長時間小火燉煮，酒精早已揮發殆盡，紅葡萄酒特有醇厚滋味卻未消失，這使得雞肉嚐來更加香甜，風味十足，用來下飯、佐水煮馬鈴薯或搭配拌了一點牛油的義大利麵都好吃。我呢，還喜歡把棍子麵包烘熱，把外皮烤得脆脆的、內蕊軟中帶一點兒勁道，將這麵包撕下一小塊，蘸著濃郁的紅酒醬汁送進嘴裡，香濃有味，教我一不小心就吃掉大半條麵包。

總覺得紅酒雞是秋日的菜，不太濃膩，可也算不上清淡，有點像是台灣一年四季最短卻也最宜人的秋季。在初秋的夜晚，需要調整自己的心情，從盛夏的昂揚激越乃至躁進，逐漸轉變為寒冬的沉靜穩定與收歛。

我在望得見城市萬家燈火的小廚房裡，燉著法國尋常人家代代相傳的紅酒雞，聽著法國抒情男歌手藍伯·威爾森（Lambert Wilson）起勁地在CD中唱著法國老電影中的歌曲。音箱中傳來的磁性歌聲彷彿呼應著季節的轉換，先是唱了楚浮電影「夏日之戀」中那首讓人琅琅上口的〈龍捲風〉，後來又唱起許多爵士樂歌手都詮釋過的〈秋天的枯葉〉。

　　我走到爐前，嚐了口鍋中的湯汁，鹹淡剛好，不過好像可以再多撒點新鮮研磨的黑胡椒。涼爽的風從陽台越窗而來，我張望因城市輝煌燈光而顯得黯淡的夜空，感覺到空氣有些濕潤，是不是要下雨了呢？

 音樂菜單
・藍伯·威爾森的法國電影歌曲專輯「*Démons & Merveilles*」
・比利時男歌手 *Jacques Brel* 的滄桑歌聲也很配
・當然還不能忘記永恆的香頌天后 *Edith Piaf* 的歌曲

韓良憶的音樂廚房

美味主題曲　勃艮第風味紅酒燉雞

🌼 材料 （4人份）

- 200公克培根，切成1吋半長
- 4根大雞腿，每根剁成兩塊
- 250公克洋菇，切對半
- 鹽和胡椒
- 20顆珍珠洋蔥，剝皮，保持完整（或同數量的紅蔥頭，也可改用1顆大的洋蔥切絲）
- 3杯不甜且酒體不會太重的紅葡萄酒，如勃艮第紅酒或黑皮諾（pinot noir）
- 1杯雞高湯或蔬菜高湯（參考本書第25頁）
- 1小束新鮮百里香，只要葉子（或1小匙半的乾燥百里香）

- 1片月桂葉
- 1小塊牛油（約30公克）
- 蔬菜油適量
- 10-12瓣蒜頭，剝皮，保持完整

🍲 作法

1. 爐子開中火，在厚底的燉鍋中用少許蔬菜油把培根煎脆，取出置紙巾吸油備用，倒出大部分的油脂，留一點將雞肉煎至表面金黃，取出備用。雞肉需要分2次煎。

2. 洋蔥（或紅蔥頭）入鍋煎炒約3分鐘後加蒜頭同煎，至兩香味傳出，外表變黃但未焦。

3. 倒入紅酒、高湯、百里香和月桂葉，轉大火煮滾後加進雞肉和培根，轉小火燉40分鐘左右。

4. 加進洋菇，再燉25-30分鐘，燉至肉爛且入味。

5. 撈出雞肉，放在溫熱的盤上保溫。撈出湯汁中的月桂葉，轉大火煮湯汁，使變濃稠，加鹽和胡椒，最後扔入牛油塊攪拌，即為醬汁，連同洋蔥和洋菇倒在雞肉，適合搭配水煮馬鈴薯、薯泥（比方香蒜薯泥，請參考本書第69頁）、義大利麵或法國棍子麵包。

誰在那裡唱著寂寞的歌？

說實話，我想我從來也不曾真正了解過湯姆·威茲（Tom Waits）——儘管我曾經那麼著迷於他的聲音，一個陽剛而落寞的聲音。就像在煙霧繚繞的小酒館裡，有個失意的琴師在角落裡自顧自地彈唱，周遭人聲喧譁，夾雜著杯盤碗碟叮噹碰撞的聲響，似乎沒有人理會他。然而，偶爾會有那麼一兩個人，坐在另一頭，遠遠的，隔著菸味與笑語，專注地傾聽寂寞的歌聲。當年剛滿十四歲的我，覺得自己就是那聆聽的人。

我因為早讀了一年，那年暑假過後就要上高中了，就在國中畢業前，隨著家人從北投小鎮搬到台北市區。我離開從小熟悉的環境，面對著不可知的新世界，覺察到自己從裡到外都在向昔日的清澀與天真告別，無可挽回。

暑假剛開始的某一天，已經上大學的姊姊帶了一張美國原版唱片回家，封套上的男人斜倚在鋼琴前，黝暗的光線中，他的面目看來不很真切，整個畫面模模糊糊地透露著寂寥的訊息。那張唱片的名字叫「Closing Time」，是湯姆·威茲出版於一九七三年的首張個人專輯。

姊姊在唱機上放下唱片，從第一首〈Ol'55〉起始，直到最後一首與專輯同名的演奏曲，威茲粗糲、憂傷又帶著莫可奈何意味的歌聲，還有他混合流行、民謠和爵士樂的曲風，在在打動了對未來惶然又孤獨的我。一整個暑假，我聽著這張黑膠唱片，天天晚上都要把整張專輯都溫習一遍，才肯入睡。

現在想起來，那時還如此青春年少的我，哪裡能明白一個異國

男子的悲哀心事呢。這麼多年過去了，在生命的路上顛簸走來，盡量學著對挫折還有生活上種種不盡如人意的事一笑置之，但我仍然不敢說，眼下的自己已經懂得他了，因為有時我連自己都不了解。

　　我還是常常在家聽這張唱片，只是黑膠早已換成CD。我每回請朋友來家裡小聚，如果做的是烙煎香料牛排，更一定會放這張專輯，還有威茲早期的一些較抒情的曲子，與好友共同聆賞。

　　始終覺得，很有點陽剛風味的香料牛排，十分搭配毫不含糊、男人味的湯姆‧威茲。帶著油花的肋眼牛排，用孜然粉、甜紅椒粉等好幾種辛香料醃過，要麼放在炭爐上燒烤，要不置於鍋底較厚的平底鍋中半烙半煎至自己喜歡的熟度，食用時不妨擠點檸檬汁，中和油膩。大口吃下，會發覺外表豪氣十足的牛排，質地其實鮮嫩多汁，就像湯姆‧威茲的歌曲，在粗獷沙啞的聲音底下，藏了一顆溫柔易感的心。

香料牛排

美味
主題曲

🍋 材料 （4 人份）

- 4片肋眼或沙朗牛排，每片200-250公克
- ½大匙孜然粉
- ¼大匙甜紅椒粉
- ½小匙芫荽籽，磨碎

- ½-1小匙黑胡椒粉
- ½小匙薑粉
- 少許辣椒粉
- 1-1½大匙橄欖油
- 檸檬角

🍲 作法

1. 在小碗中混合所有辛香料，慢慢加進橄欖油，邊加邊攪，調成油糊。若有哪一種香料買不到或不喜歡，省略無妨。

2. 將油糊均勻塗在牛排的兩面，置冰箱冷藏至少三小時。準備要煎牛排的半小時前，將肉取出，置室溫退冰。

3. 燒熱厚底的平底煎鍋或帶橫紋的烙煎鍋，加一點點油。在牛排的兩面撒鹽，中火每面煎3、4分鐘，至五分熟，可看個人喜歡的熟度，調整時間長短。也可用BBQ方式燒烤。

4. 煎烤好的牛排移到溫熱的盤子上靜置5分鐘再上菜，這步驟會讓牛肉質地更嫩而多汁。附檸檬角端上桌，佐以薯條和生菜沙拉，配上焗薯泥包心菜（參見本書第53頁）或香蒜薯泥也不錯（參見本書第69頁）。

🎼 音樂菜單

- 湯姆·威茲的三張專輯唱片：「*Closing Time*」、「*The Early Years*」和「*The Early Years Vol.2*」

傾聽愛爾蘭的搖滾靈魂

因為喜歡出身愛爾蘭的老牌樂手凡‧莫里森（Van Morrison），我對至今仍無緣親臨的這個國度，始終有著莫名的嚮往，連帶對愛爾蘭的飲食也大感好奇。嘴饞如我，習慣透過吃東西這件事來揣度陌生土地的文化與風土人情，雖然我知道，愛爾蘭從來就不以美食聞名。

以前到英國出差或自助旅行的時候，千方百計想尋覓愛爾蘭餐廳，探一探島國飲食之究竟。算我消息不夠靈通，像樣的館子沒找著，倒是發現不少風味十足的愛爾蘭酒館，在好幾家標榜為Irish Pub的這類小酒館兼簡餐店，暢飲了愛爾蘭最大眾化的酒精飲料黑啤酒（stout），還吃到用黑啤酒燉煮的牛肉。

黑啤酒燉牛肉是愛爾蘭的家常菜餚，滋味樸實厚重，菜端上桌來，乍看色澤暗沉，既不起眼，也不悅目，吃到嘴裡卻發覺牛肉已經燉至軟爛，散發著酒精揮發後殘留的大麥香，微微發苦，卻耐人尋味。

嚴寒的冬季，下著冷雨的夜晚，最適合招呼三五好友來家裡小聚，燉上一鍋啤酒牛肉，拌一大盆清脆的生菜沙拉，再搗一盅薯泥或清煮幾個馬鈴薯，大夥圍坐在暈黃溫暖的燈光下，邊吃邊聊。這個時候，我不會忘記放上兩三張莫里森的唱片，和朋友分享對他始終不變的熱愛。

七〇年代晚期，我初次聽到莫里森的音樂，彼時我剛開始接觸搖滾樂，正大量吞噬與搖滾相關的一切資訊，忘了在哪本雜誌上讀到引介莫里森的報導文字，盛讚一九四五年生於貝爾法斯特的這位創作歌手，是愛爾蘭的搖滾靈魂，我當場就把這名字記住了。

有一天，姊姊又抱著一疊西洋原版唱片回家，我在當中發現那名字，想也不想便就抽出一張標題為「月舞」（Moondance）唱片，當莫里森唱到A面第三首歌——略帶點靈魂樂調調的抒情曲〈狂愛〉（Crazy Love）時，我發現自己的心已被他的歌聲所收服。

　　老實講，當時還半大不小的我根本無法完全聽懂莫里森帶有愛爾蘭口音的歌詞咬字，卻依然可以模模糊糊地感受到歌曲當中某種奧秘的哲學意味。真正震撼我的，是他那真誠、不矯飾又厚實的聲音。他彷彿從靈魂的深處，對著千萬里以外坐在唱機前的一個亞洲少女，唱著神秘的歌，對她娓娓述說自己的心情、感想，還有生命的故事。

　　我想像自己的影子乘著歌聲的翅膀，依稀來到一九五〇年代的貝爾法斯特，徘徊在一條平凡無奇叫「海因德津」（Hyndford）的街上，有個神情老成的小男孩盤腿坐在老式唱機前，聽著父親珍藏的大量美國靈魂樂黑膠唱片，他會不會正是原名喬治・伊凡的小莫里森？

後記

　　修訂這篇文章時，我看到初版書食譜的材料部分，簡直嚇到了：書上白紙黑字印著 2000c.c. 啤酒（！），這根本是酒鬼的分量嘛。應該是寫錯了或是印錯了，因為我一向是倒個一罐「健力士」下鍋，那只有500毫升哩。

另外，這幾年來，我在燉啤酒牛肉時，還會扔一些切碎的李子乾（prunes）到鍋裡。這是我在此地「外籍配偶」社團認識的一位愛爾蘭裔少婦教我的「撇步」，可以讓湯汁苦中帶甘，味道更深厚。不過我猜這應該不是道地的作法，這位跟我一樣嫁來荷蘭的女士，是生在紐約長在紐約的美國人，祖先在十九世紀愛爾蘭饑荒時移民美國，這大概是她某位先人改良之後的食譜吧。

| 美味
主題曲 | **啤酒牛肉** |

🍋 材料 （4 人份）

- 2大匙橄欖油或別種蔬菜油
- 1顆大洋蔥，切丁
- 3瓣蒜頭，切末
- 500毫升黑啤酒
- 2片月桂葉
- 400公克胡蘿蔔，切塊
- 牛腩或牛腱700-800公克，切成3公分見方的小塊
- 1杯牛骨高湯（或冬季蔬菜高湯，請參考本書第25頁）
- 15-20顆李子乾（即加州蜜棗），切小塊

🍲 作法

1. 燉鍋燒熱，開中大火，用2大匙的油分兩批煎牛肉，把肉塊煎至表面焦黃。

2. 轉中火，洋蔥和蒜末下鍋，和牛肉一起炒香，約5分鐘，必要時可再加一點油。

3. 加進胡蘿蔔塊，再拌炒一下。加高湯、黑啤酒、月桂葉、鹽和黑胡椒，煮滾後轉文火，不加蓋，燉1½小時，不時攪拌一下鍋子，若湯汁太乾，可加一點熱水。

4. 加李子乾，蓋上鍋蓋，再燉半小時左右，燉到肉爛。佐水煮馬鈴薯或香蒜薯泥（參見本書第69頁）、生菜沙拉或水煮青花菜拌牛油。

🎼 音樂菜單

- 凡‧莫里森的專輯：「*Astral Weeks*」、「*Moondance*」、「*Back on Top*」，還有三張精選輯「*The Best of Van Morrison I, II &III*」
- 莫里森和 *The Chieftains* 合作的「*Irish Heartbeat*」

改變歷史的鱈魚

　　吃鱈魚的時候，愛聽古老的歐洲音樂。賴床晏起的雨天，我把鱈魚拿出冰箱解凍，打了個雞蛋，拌和麵粉與調味料，在中古世紀流傳至今的歐洲歌謠聲中，準備煎鱈魚排，為自己燒一頓簡便的早午餐。

　　鱈魚，曾經悄悄地左右了世界歷史的足跡，這是我不久以前在閱讀一篇有關鱈魚的文章後，才後知後覺的事實。從此以後，總是躺在超市冷藏櫃保麗龍盒中一片片白色的鱈魚，蒙上了知性的意義，不再只是一種質地鮮嫩、價格卻不矜貴的尋常魚類了。

　　鱈魚原產在北大西洋寒冷水域，蛋白質含量豐富，脂肪卻低。這種深海魚早在一千萬年前就已存在於地球，不過人類直到公元九世紀才開始比較大量地食用鱈魚，因為當時北歐的維京人發現，用風乾或鹽漬方法可以長久保存魚肉，這使得漁民在夏季氣候溫和時可以盡量捕魚，風乾鹽漬成鱈魚乾，這麼一來，在嚴冬時節漁民無法出海時，大夥兒仍吃得上幾口魚肉，攝取人體需要的動物性蛋白質。

　　北歐人吃不完這麼多魚乾，開始透過海路對外輸出，在十二世紀時，精明的威尼斯商人建立「巴爾幹路線」，以威尼斯為轉運點，將北歐的鱈魚乾運至東方，鱈魚成為地中海貿易的重要商品。到了十六世紀，歐洲人如果吃下十條魚，其中就有六條是鱈魚。

　　哥倫布尚未「發現」新大陸前，歐洲人為了尋找鱈魚的漁場，便已派遣船隊西航大西洋。人類追隨著鱈魚的蹤跡，身影出現在原本陌生的海域和陸地，而且並越走越遠，終於踏上了美洲；移民紛紛從歐洲飄洋過海來到新世界，選中新英格蘭一帶為屯墾地，他們看上的也是海岸外那片鱈魚的漁場。

讓我把時間拉近一點，將場景移到二十世紀：一個姓「鳥眼」（Clarence Birdseye）的美國人，為了冷凍、販賣新英格蘭海外產量豐富的鱈魚，一九二四年在麻州創立日後執世界冷凍食品業牛耳的通用食品公司，這可是鱈魚史上一樁大事。因為人們有鮮魚可吃了，就沒必要一天到晚吃鹹魚，鱈魚乾買賣因而逐漸式微，而冷凍鱈魚也慢慢成為一年四季都不缺貨的平價食品。

　　我聽著年代久遠、有些曲名甚至已不可考的歐洲古老樂曲，沉浸在有關鱈魚的林林種種對現實生活未必「有用」卻真有意思的知識，似乎感覺到歷史的重量。從古早的年代、遙遠的海洋，鱈魚穿越時空的洪流，洄游到我家的廚房，以金黃的姿態靜靜地躺在雪白的瓷盤上，等著我享用……

後記

　　由於食品業的工業化，造成需求量大增，鱈魚近幾十年來被過度撈捕，產量銳減，目前已被列為瀕臨絕種的魚類，撈捕量受到限制。本文發表後的這十三年來，歐盟亡羊補牢，陸續採取不同的措施，希望能挽救鱈魚絕種的命運。不過，讀者倒不必太過擔心自己因為吃鱈魚而不知不覺成了幫兇，因為依生物學「界門綱目科屬種」的分類方式，只有大西洋鱈、太平洋鱈和格陵蘭鱈才是真的鱈魚。以台灣市場為例，市面上的「鱈魚」多半不是真鱈，而是大西洋鱈魚漁場

逐漸關閉禁捕後市場找到的替代品。是以，大夥兒在台灣一般餐廳吃到的什麼龍鱈、圓鱈、扁鱈、藍鱈等，唉，統統不是鱈魚。

　　至於我旅居的荷蘭，仍買得到新鮮且為真品的大西洋鱈魚，荷名為kabeljauw，是依據歐盟所規定的配額合法撈捕而得，因為產量有限，已不再是平價魚種。

香煎鱈魚

🍋 材料 （4人份）

- 4片鱈魚（每片150-180公克）
- 煎魚用的蔬菜油，如葵花油或橄欖油
- 1小把洋香菜，切末
- 1杯中筋麵粉
- 1小匙甜紅椒粉

- 2顆雞蛋
- ¼杯牛奶
- 鹽和黑胡椒
- 檸檬

🍲 作法

1. 在大碗中打散蛋和牛奶，混合均勻。
2. 在另外一個碗中混合麵粉、甜椒粉、鹽和胡椒與洋香菜末。
3. 鱈魚先逐片兩面蘸取蛋奶汁，然後蘸綜合粉，甩一甩，去除多餘的粉。
4. 大火熱煎鍋，加入蔬菜油燒至八分熱，轉成中火，鱈魚下鍋，每面約2、3分鐘，至表面香酥金黃且肉熟了。盛至溫熱的盤上，附上檸檬角，配生菜沙拉或水煮四季豆拌牛油，附上烤馬鈴薯塊。

🎼 音樂菜單

- 歐洲古音樂選輯「東遊記」（*On the Way to Bethlehem*），演奏者：*Ensemble Oni Wytars, Ensemble Unicorn*
- 英國流行樂手史汀（*Sting*）跨界演出的十六世紀英國歌謠選輯「迷宮之歌」（*Songs from the Labyrinth*）

加勒比海風情的芒果豬排

　　芒果上市了，看見水果攤上一顆顆外皮紅豔的果實，感受到炎夏的熱情，想起爸爸最愛吃，買了一堆回家，準備烹煮帶著加勒比海風情的芒果豬排，給我那生在長江畔的老爹品嘗。在牙買加風味的雷鬼音樂聲中，我先仔細地將芒果削皮、去核再切丁，最後放進果汁機中打成明黃的果泥，準備製作鹹中帶甜、還帶有一絲辣味的醬汁。

　　芒果喜歡高溫、乾燥的氣候，原產於印度和緬甸一帶，是亞熱帶和熱帶水果。東亞早在兩千多年前就開始種植芒果，一千多年後傳到東非，再輾轉到西印度群島和中南美洲，如今廣被栽植，是亞洲和拉丁美洲的重要農產品。

　　有關芒果的民間傳說不少，多半和原產地印度有關，我最喜歡的，是一個愛情故事。大概在十六世紀吧，有位皇帝的愛妃是太陽的女兒，有一天，王妃突然失蹤了，原來她被邪靈威迫，禁錮於芒果樹梢。癡心的皇帝天天在樹下苦候心上人，他眺望著遠方，總疑心妻子的身影就要在地平線另一端出現，根本沒有察覺到，心愛的人其實咫尺天涯，而王妃也只能傷心地在樹梢上看著丈夫形容逐漸憔悴。

　　時光流轉，季節遞嬗，芒果樹開花結果了，有一顆芒果成熟，墜落地上，裂成兩半，美麗的身影從裂開的果實中冉冉浮現，原來是失蹤已久的王妃。皇帝的一片深情終打敗邪惡的力量，讓他得回朝思暮想的愛人。

　　王妃重返宮廷後，皇帝下令在皇宮周遭遍植十萬棵芒果樹，從此以後，每逢花開時節，皇宮四周總是繁花似錦，千萬朵芒果花以豐美的姿容宣示著一個男子對心愛的女人永遠的癡情。傳說或許只是傳說，香甜的芒果滋味教人難以抗拒卻恐怕是事實，最起碼我就無法拒

絕，而我是敏感體質，似乎對芒果過敏，有時大啖美味後，皮膚上會浮凸一片片的風疹塊，癢得要命，但偶爾就還好，吃了也沒事。這讓我每一次貪嘴吃芒果，都像是小小的冒險：說不定這一回不會過敏哩，再多吃兩口好了。芒果一般都當成水果食用，印度人也喜歡將芒果加上香料，製成辛香的chutney，可當蘸醬，酸甜開胃，我吃辣味咖哩時，就愛來上一小盅佐餐。我在加勒比海菜的食譜書上，還看到芒果豬排的作法，醬汁中加了九層塔和辣椒，很有熱帶風情，試做給家人和朋友吃，都滿成功的，我想這或許也不是我手藝有多麼高超，而是醬汁中還摻了醬油，從而討好一付付台灣胃。

吃芒果豬排時，我喜歡聽雷鬼樂（reggae）。雷鬼發源於加勒比海上的牙買加島，結合了非洲節奏、美國R&B曲風和牙買加民俗風味，節奏有點懶洋洋的，歌詞卻往往別具深意，以「快樂」和「自由」為核心，反種族歧視、反殖民、擁護人權。一九七〇年代，雷鬼樂在「雷鬼之父」鮑布・馬利（Bob Marley）帶動下，開始走紅於歐美，不少主流的流行樂藝人也為這種牙買加音樂所折服。

如今唱雷鬼的，可不光是牙買加人而已，歐美流行樂壇擅長雷鬼樂風的也大有人在。這種多少經過改造、加進較多流行樂元素的「融合」雷鬼樂，容或比不上馬利的歌曲那麼發人深省，可是因為比較輕鬆，也許反倒投合更多不想在音樂中面對壓力的人。

我在廚房中聽著正統和比較沒那麼正統的雷鬼樂，手裡忙著洗、切、煎、煮，腳則隨著來自加勒比海的節奏打著拍子。再過一會兒，我就要和家人共享一頓洋溢著熱帶風情的芒果晚餐了。

🎵 **音樂菜單**

- 鮑布‧馬利的精選輯「*Legend*」、「*The Best of Bob Marley and the Wailers*」
- UB40合唱團唱的〈*Can't Help Falling in Love*〉、〈*Kingston Town*〉
- 內心圓合唱團（*Inner Circle*）唱的〈*Games People Play*〉、〈*Summer Jamming*〉

| 美味
主題曲 | # 芒果豬排 |

材料 （4 人份）

- 2顆芒果，去皮去核，切丁
- 2瓣蒜頭切末
- 1根紅辣椒去籽切碎
- 4片大里肌肉排，每片約150-180公克
- 1大匙蔬菜油，外加一點煎肉所需分量
- 1小把九層塔或羅勒，切絲或撕碎，留幾片完整的最後做裝飾
- 3杯雞高湯
- 鹽和胡椒
- 1-1½大匙黃砂糖

作法

1. 一半的芒果丁用果汁機打成泥，一半備用。

2. 燒熱蔬菜油，中火炒香蒜末、辣椒和九層塔或羅勒絲，約1分鐘。

3. 加進雞高湯、糖和醬油，大火煮至沸騰後轉小火再煮3分鐘左右，
   將芒果泥徐徐加進鍋中，不斷攪拌，再煮5分鐘，煮到汁變濃稠，
   撒少許鹽和胡椒調味。

4. 豬排用刀背拍鬆，撒一點鹽。平底鍋中加油，先以大火後轉中
   火，將肉煎熟且兩面金黃，盛入溫熱的盤子上，在每片肉上面鋪芒
   果丁。

5. 把仍溫熱的芒果醬汁淋在肉排上，加九層塔或羅勒葉片點綴。適
   合搭配糙米飯或胚芽米飯。

酗咖啡

　　據說雙魚座的女人「酗」咖啡。別的雙魚是不是這樣，我不知道，但我絕不否認對咖啡有不可自拔的迷戀。

　　曾經一天起碼得喝上五杯加奶不加糖的熱咖啡，才覺得生命有意義，這一天算是活了。後來逐漸察覺痛飲咖啡帶來的不良後果，好比說青春痘啦，皮膚變粗糙啦，種種令人無法視而不見的「門面」問題。可是叫我從此割捨咖啡的美味誘惑，實在做不到，於是給自己設定了「配額」，一天至多喝三杯，至於杯子的容量有多大，就別斤斤計較吧。

　　雖說自動自發設了限，可我一向相信，凡有規則就必有例外。只要是立在桌面或茶几上的一杯咖啡，不論是覆蓋著綿密奶泡的義式卡布奇諾、烘焙時摻了香料的美式加味咖啡（比如榛果咖啡），還是咖啡、牛奶各半的法式café au lait，我皆奉行紀律，一天不喝超過三杯。可是被挪去做其他用途的，就不在此限了。

　　在飲食這件事上，咖啡除了拿來喝以外，還能派上什麼用場呢？

　　咖啡口味的糖果、冰淇淋、蛋糕、甜點或餅乾，統統都不算稀奇。用咖啡烹調，做鹹的菜餚，這才叫別出心裁。

　　我何德何能，咖啡入菜當然不是我的發明，而是偶然間在美國一本專談咖啡的刊物上讀到的食譜。我這人好吃，對食物的好奇心特別重，又嗜飲咖啡，當然不肯放過這麼有意思的事，立刻動手用家庭型號的義大利咖啡機，煮了香濃的濃縮咖啡，試做作法看來不難的咖啡醃肉醬和烤肉醬。

這兩樣醬料不但適合搭配烤牛、豬、羊等紅肉，用來醃雞腿、雞翅也不差，而且作法著實簡單，並不需要多麼了不起的技術，依我看，也擠不進什麼精緻美食之林，而有瀟灑豪放之風。然而話說回來，我從來也不是個美食家，更非烹飪老師，對我來說，在廚房裡洗手做羹湯，切切菜，休閒的意味大於家務責任，讓我在平日勞心工作之餘，享受用雙手親力親為的樂趣，況且，烹飪其實也是另一種形式的創作。

　　我常覺得，動手烹煮一道道拿手好菜，固然能給人成就感，實驗做新菜卻也別有趣味，因為在那道菜完成前，無法預知其滋味究竟如何，烹飪過程就多少有點像冒險，而這冒險就算徹底失敗了，最壞的後果不過是食物難以下嚥，如此而已，重起爐灶就是了。

　　我在烹煮或享用鹹味的咖啡菜色時，愛聽已故好萊塢女星瑪蓮‧黛德麗（Marlene Dietrich）唱的歌。這位原籍德國的一代大明星能演會唱，她在銀幕上慣常煙視媚行，那雙迷濛深邃的眸子、修得細長挑高的柳葉眉，還有唇邊那一抹似有若無的冷笑，在在讓她成為美麗壞女人（femme fatale）的永恆典型。瑪蓮的歌聲一如其人之銀幕形象，磁性、沙啞、有一絲絲的慵懶，還有更多滿不在乎的瀟灑調調兒，每每令我聯想起一杯香濃有勁的espresso，入口略焦苦，後味卻芬芳又甘香，讓人不知不覺就喝上了癮。

　　請試試看在氤氳的咖啡香和瑪蓮‧黛德麗懶洋洋的嗓音中，燃起一盆火，燒烤一片牛排或豬肉，我相信，你會明白我的意思的。

後記

　　理論上已不再酗咖啡了，如今一天限量兩杯——不過去義大利旅行時例外，義大利的 espresso 實在太香醇，很難抵擋那誘惑。哦，還有另一個例外，就是夏天請客人來家吃 BBQ 時，咖啡醃肉醬和烤肉醬太別致，每次做都會博得好評，在虛榮心的催化下，就又多吃了幾口。

🎼 音樂菜單
　・瑪蓮・黛德麗的精選輯「*The Cosmopolitan Marlene Dietrich*」，尤其推薦〈*Lili Marlene*〉、〈*Mean to Me*〉、〈*Annie Doesn't Live Here Anymore*〉、〈*Miss Otis Regrets*〉、〈*Come Rain or Come Shine*〉、〈*La Vie en Rose*〉

咖啡醃肉醬

❋ 材料 （4人份）

- 2 大匙紅酒醋
- 2瓣蒜頭，壓成泥
- 1大匙義大利香脂醋
- 1杯冷卻的義式濃縮咖啡或煮得較濃的黑咖啡
- 1大匙橄欖油
- ½小匙紅糖
- 鹽和胡椒

作法

混合所有材料即可醃肉，可醃600-800公克的肉或四根雞腿，醃4-6小時*。

* 剩下的醃汁不要倒掉，加1-2大匙番茄醬和少許醬油，以中火煮滾後轉小火煮至濃稠，最後加一點切成丁的冰牛油，攪拌均勻，可當佐肉的醬汁。喜歡甜一點的，也可酌情再多加紅糖。

延伸味蕾

咖啡烤肉醬

材料：
- 1杯義式濃縮咖啡
- ½杯辣醬油（worcestershire sauce）
- 1杯番茄醬

作法：

所有材料置煮鍋中，中火加熱至快沸騰時轉小火，煮約25至30分鐘，邊煮需不時攪動鍋中醬汁。此烤肉醬可當BBQ醬，肉不必先醃，一邊烤一邊不時刷上此醬。

為人世的熱情謳歌

　　照片中的他，臉側向一邊，雙目低垂，似乎在沉思，看來有些
憂悒。我手拿著這張取名為「浪漫情事」（Romanza）的雷射唱片，
覺得演唱者的名字似曾相識，卻想不起來何時聽過，又是在哪兒。翻
到背面，閱讀曲目，看到有一首我一直喜愛的義大利歌謠，那就是帕
華洛帝唱過的〈卡羅素〉（Caruso），一首歌詠二十世紀初高音歌王
卡羅素（Enrico Caruso）的歌曲。

　　因為這首歌，我打開音響，塞進CD，兩秒鐘後，安德烈·波伽
利（Andrea Bocelli）抒情的男高音便在冷氣機呼呼作響的城市一角
悠然揚起。我剛舉步走向廚房，突然靈光一閃，想起來他是誰了。
就在幾個月前，一別已近兩年的義大利朋友L好像在信中提過他的名
字。

　　我在一紮信件中找到那一封，果然是波伽利，朋友在信裡中、
英文夾雜地向我推薦這位很小就失明的歌手，形容他的歌聲抒情而溫
暖，令人難以想像唱歌的人竟然看不見這世上的一草一木。朋友熱心
地建議我去買他的唱片，甚至說：「如果妳在妳的國家找不到，告訴
我，我寄給妳。」

　　收到信時，我動過念頭去找張唱片來聽聽看，只是工作一忙，
加上平日聽音樂的口味很雜，想聽的東西真的有點太多，拖著拖著，
也就沒再特別留意朋友的建議，有關這位盲人男高音的故事，遂暫
時被置諸腦後。前一陣子有位好友來喝下午茶，送我這張CD當伴手
禮，連在那個時候，我也沒察覺這正是L提過的那一張。

　　直到這個一切再尋常不過的台北夜晚，我站在流理台前，背對

著窗外的水泥叢林，聽著屋內另一頭傳來波伽利音色優美的歌聲，才發覺自己強烈地懷念起那些屬於義大利的人與事。

　　如果用世俗的眼光來看，出生托斯卡尼農家的波伽利真是命運多舛，一出生就被診斷出有青光眼，十二歲時踢足球發生意外，變成全盲。他大可以怨天尤人，可他沒有，在失去視力後仍一路念完大學，拿到法學位，還當了一年的公設律師，後來還重拾他自幼最愛的音樂，如今已是全球知名的古典跨界歌手。

　　波伽利在唱片中毫不費力地運用聲樂技巧，高唱通俗卻不庸俗的義大利歌謠，歌聲中蘊含的溫情飽滿卻不氾濫，讓我不由得想起在自助旅行義大利途中遇見的那幾位溫暖且不會強人所難的異國朋友，其中當然有最談得來的L。

　　我在砧板上細細地切著洋蔥，準備烹製L教我做的一道辣味菜。聽他說，這道番茄辣椒蝦是義大利漁村佳餚，略帶辛辣的滋味反映出淳樸而直接的情感，因為材料不難取得，他從前在中國留學時，想念義大利味時常做來一解鄉愁。

　　我上一次嚐到這道菜，就是在義大利一個小鎮，當時圍繞著我的，是L的三位兒時好友，和我最熟的L反倒因為工作關係人在外地，特地叮囑朋友招待我這個遠道來訪的陌生女子。這二男一女三位年輕人英語不很流利，中文當然一點也不懂，可他們竭盡所能地用有限的英語字彙外加豐富的肢體語言，和我這個只看得懂義文菜單卻不會講義語的東方人交談，儘管我常常不明白他們在說什麼，卻能充分感受到真誠的熱情。

在波伽利十足義大利的深情歌聲中，我翻炒著辣味醬汁，揣度著到底是什麼樣的生命力，支撐著這個少年時代失明的男子，持續透過音樂來傳達他對人世的熱情。我趁著醬汁在爐上嘟嘟燉煮的空檔，走到陽台上俯瞰入夜的台北，在熙來攘往的車流人潮中有我親愛的朋友和家人，再過一會兒，有人會來按我的門鈴，而我呢，要在溫暖的樂聲中，把來自義大利的溫情端上桌，與我的朋友共享。

🎼 **音樂菜單**
· 波伽利的「*Romanza*」專輯與精選輯「*The Best of Andrea Bocelli-Vivere*」
· 帕華洛帝的「*Pavarotti & Friends 2*」（在這張慈善演唱會實況錄音唱片中，波伽利有一首獨唱曲，和帕華洛帝這位前輩合唱了三首）

美味 主題曲	# 番茄辣椒蝦

✿ 材料 （4人份）

- ½顆中等大小的洋蔥
- 3-4大匙橄欖油
- 1根辣椒切末（怕太辣的話需去籽）
- 700-800公克保留尾端的蝦仁
- 500公克紅番茄，略氽燙後去皮切丁

- 1小把洋香菜切末
- 1-2瓣蒜頭切末
- 鹽

🍲 作法

1. 蝦仁洗淨去腸泥，用紙巾擦乾。

2. 爐子開中火，用橄欖油炒洋蔥末，炒到有香味傳出，洋蔥變透明（約5分鐘）後加進蒜末和辣椒，炒到蒜末呈金黃色，注意不要炒焦。

3. 加洋香菜末拌炒一會兒（保留一點待會裝飾用），加番茄丁，加少許鹽調味。轉小火，煮約20分鐘，至水分蒸發，需不時攪拌一下。

4 蝦仁直接下鍋，讓每一隻都蘸到醬汁*，蓋鍋蓋煮2、3分鐘至蝦仁熟，嚐嚐味道，不夠鹹可再加鹽。撒上保留的洋香菜做為點綴。配義式拖鞋麵包（ciabatta）或弗卡夏扁麵包（focaccia）特別對味。

*醬汁可事先做好，準備煮蝦仁時再加熱。如果想更省事，也可用基本款的義大利麵番茄醬汁（參考本書第97頁）為底，另加新鮮辣椒或乾辣椒一起煮。

遇見 100% 的義大利麵？

「村上春樹常常讓我想起義大利麵。」聽到這樣莫名其妙的一句話，熱愛這位日本大作家的書迷不曉得會不會蹙起眉頭？畢竟，倘若說因為村上而聯想到爵士樂、北海道的羊群或彈珠玩具，都還有跡可循、不難想像，可是怎麼會是義大利麵呢？

在台灣還可以未經過授權便「自由」翻譯日文作品的時代，我讀到村上春樹的短篇小說集，其中有篇小說，篇名為〈義大利麵之年〉。三十歲才開始寫作的村上春樹，在這篇連同標點符號全文僅得兩千多字的小說中，從頭到尾沒有交代敘事者「我」的名字，讀者順著說不上是什麼調調的文字讀下去，雖然感覺得到「我」是個孤獨的男人，可要是想透過文字猜想「我」的樣貌、背景或其人立足在社會上的身分，卻不大容易，因為村上同樣沒提供線索。不過，在另一方面，村上對於義大利麵的menu、可以搭配什麼食物又該怎麼煮，卻不厭其煩地花了不少篇幅，仔仔細細說個清楚。就是這篇短小精悍的小說，讓好吃義大利麵的我，從此只要在家煮義大利麵，就常常想起村上春樹。

話說一九七一年十二月一個有陽光的午後，有位「我」並不很熟諳的女子打電話來，「我」因為懶得和她交談，用正在煮義大利麵為藉口，想盡快掛掉電話，根據村上春樹的敘述，在「我」的空想中，從來也不曾存在的這把義大利麵是這麼煮的：

整把麵滑進沸騰的水裡，撒上鹽，將廚房定時器設定為十五分鐘，定時器叮咚響的時候，麵也就熟了。

假設「我」煮的是日本一般超市便可買到的義大利麵，而且是

最常見的spaghetti，不管這麵是日本製的、義大利或別國進口的，按照村上的步驟來煮，肯定會煮熟，而且恐怕會「熟」過了頭，太軟了，失去嚼勁，不符合義大利人吃麵一定得al dente的法則。

可是這al dente到底是什麼玩意呢？在義大利文中，dente意為「牙齒」，乾脆就學香港人，把al dente譯成「彈牙」好了。義大利人煮麵，講究「彈牙」，需保持麵的勁道，這樣外軟內韌，嚼起來才有口感。

義大利麵的種類多到不可勝數，圓直的spaghetti、管狀斜切的penne（筆管麵）、彎彎的macaroni（通心麵）和扁平且較寬fettucine（緞帶麵）等，只是較為人熟知的幾種。還有太多太多種，不但我沒看過、嚐過，連義大利人自己也弄不清楚，不過不論煮的是哪一種，都不宜過熟，在這件事情上頭，十個人可能有十三種意見的義大利人，倒是頗具共識。軟趴趴沒韌度的義大利麵，不來勁兒，會讓人吃起麵來一點精神也沒有。

按照義大利朋友教我的方法，義大利麵的基本煮法應該是這樣的：

準備一口大鍋，注入很多的水（一包五百公克重的乾麵，得用上四公升以上的水），水煮開後，下麵條，加一大匙到一大匙半的海鹽，如果煮的是新鮮的手工蛋麵，可以滴一點點的橄欖油，防止麵條彼此沾黏。乾麵則不必，只要水保持沸騰，想起來的時候隨手攪動鍋中麵條就行了。

麵的外包裝袋上或盒上通常會說明需要煮多久，就舉台灣人最

熟悉的spaghetti為例，雖說按不同的型號，粗細並不一樣，烹飪時間長短自然有異，但是一般而言，等麵進了滾水鍋中以後，等水重新沸騰，再煮八到十分鐘左右也就可以了，如果像村上春樹的主角那樣，煮上十五分鐘，絕對會過頭。

　　麵煮至「彈牙」，撈出，不必瀝到水全部滴乾，留一點煮麵的水反而更有利醬汁沾附在麵體上。立刻將麵條拌上醬汁，就可以狼吞虎嚥。至於麵一出鍋便迅速沖冷水、拌油，留置備用，要食用時才回鍋燙一下的作法，是外頭館子貪圖方便的辦法，家庭廚師大可不必仿照這種取巧捷徑，義大利麵還是現煮現吃來得美味。

　　至於村上春樹，人各有所好，就隨他吃軟不吃硬吧。

| 美味
主題曲 | # 基本款義大利麵 |

 材料 （4人份）

- 400公克義大利麵
- 3.5-4公升水
- 1大匙海鹽

 作法

燒開一大鍋水，水滾就下麵，馬上加鹽，待水重新沸騰後按包裝袋或
盒上註明的時間開始計時，煮至al dente，撈出，瀝去大部分水分，
立刻拌上醬汁。

🎼 **音樂菜單**

- 羅西尼歌劇《鵲賊》的序曲，長篇小說《發條鳥年代紀第一
  部鵲賊篇》的一開始，主人翁邊煮義大利麵，邊吹口哨時，
  吹的就是這曲子。
- 村上春樹喜愛的任何一個樂團或樂手的音樂，好比長篇小
  說《挪威的森林》中流行樂的 *The Beatles* 和爵士樂的 *Bill
  Evans*、*John Coltrane*。

Part 4

甜點　Dessert

在這個滂沱大雨不停澆灌以致哪兒都去不了、哪兒也不想去的晚上，我慶幸自己有孟德爾頌為伴。只花了三、四個步驟便完成的草莓優酪凍，是陪襯孟德爾頌的美味甜品，口感柔順細緻，不很酸也不很甜，就像〈仲夏夜之夢〉一般和諧美好……

清涼和諧的仲夏夜之夢

　　大雨傾盆的炎夏之夜，濕悶的空氣在屋內停滯不去，剛吃完辣味義大利麵晚餐，順手洗了盤子便一頭的汗。我把音樂從激昂高亢的歌劇詠嘆調，換成孟德爾頌的〈仲夏夜之夢〉，從冰箱拿出下午才做好的草莓優酪凍，在婉轉和諧的樂聲中，一小匙一小匙地舀取柔滑的優酪凍，細微的涼意從舌尖順著喉嚨滑下，燥熱的情緒安定下來。我在孟德爾頌引領下，悄然滑進一個有著森林、仙子與輕歌曼舞的神秘夏夜。

　　在急促的雨聲反襯下，〈仲夏夜之夢〉顯得格外清純怡人，和屋外那倉皇紛擾的世界形成對比。不管生活有多麼瑣碎又忙亂，樂聲始終平心靜氣，其高貴的氣質和嚴謹的結構，在在反映作曲者的背景與性格。

　　孟德爾頌在十九世紀初出生於德國漢堡富裕猶太家庭，一生未嘗過貧窮的滋味，境遇也平順，事業成功，婚姻美滿，生命中唯一的雜音，或者該說是並非百分百和諧的終曲，就是他三十八歲便突然中風，撒手人寰，即便在一百多年前，應也算英年早逝。

　　孟德爾頌從銀行家父親那裡繼承到他謹慎的個性，讓他做人也好，作曲也好，都恪守本分。他那彈得一手好鋼琴的母親，則遺傳給他藝術天分與和諧的美感，讓孟德爾頌從幼時就展露音樂才情，跟莫札特一樣，也是個音樂神童。這位天之驕子在十七歲那年，讀到莎士比亞劇作的德文譯本，受到啟發，創作出〈仲夏夜之夢〉的序曲，旋律優美、輕盈而典雅，帶著些許年輕天真的赤子情懷。

　　多年之後，他接受委託，根據同一主題譜寫戲劇配樂，完成的

作品依然高雅動人，不帶一絲不和諧的元素。

　　完整的結構與珠圓玉潤的旋律，讓孟德爾頌大受其同時代人的激賞。當時大概沒有人會想到，不到一百年以後，優點變成缺點，越來越多的古典樂迷批評孟氏的音樂儘管柔美圓融，卻缺乏原創風格。當今這時代講求個性化，孟德爾頌的音樂因為個性不夠強烈而遭到抨擊，其實是合乎時代氣氛和邏輯的事。然而對我而言，他的樂曲，尤其是〈仲夏夜之夢〉，絕對是鬱悶的夏夜一帖清涼劑，讓人聽了身心靈的壓力都鬆弛了。

　　在這個滂沱大雨不停澆灌以致哪兒都去不了、哪兒也不想去的晚上，我慶幸自己有孟德爾頌為伴。只花了三、四個步驟便完成的草莓優酪凍，是陪襯孟德爾頌的美味甜品，口感柔順細緻，不很酸也不很甜，就像〈仲夏夜之夢〉一般和諧美好。

草莓優酪凍

✻ 材料 （4人份）

- 1/2公升杯草莓口味優酪乳
  （或原味優酪乳混合約100公克打碎的草莓泥和適量細糖）
- 1小包（約1大匙）吉利丁（gelatin）
- 3大匙冷開水
- 新鮮草莓切片
- 新鮮薄荷葉（可省）

🍲 作法

1. 在小碗中混合吉利丁和冷開水，靜置3分鐘，不要攪動。
2. 將小碗放進盛了水的鍋子裡隔水加熱，一邊攪拌直到吉利丁融化。
3. 從冰箱取出準備好的優酪乳，倒入大碗中，加吉利丁液，混合均勻，倒入預先浸濕的布丁模型中，放進冰箱冷藏至少2小時。也可分別舀入個人份的小模型中。
4. 將已凝固成形的優酪凍倒扣盤上，裝飾以草莓片。有新鮮薄荷葉的話，也加個兩片。

🎼 音樂菜單

- 孟德爾頌的〈仲夏夜之夢〉：二序曲、詼諧曲、間奏曲、夜曲、終曲

想起小時候

　　情緒低潮的時候，特別想烘烤蘭姆葡萄乾小餅，一邊聽著描繪童年或夢境的甜美樂曲，一邊專注地攪拌麵糰，憂煩逐漸拋諸腦後。當烤箱慢慢散放出甜香的氣味時，我彷彿聞到了幸福的味道。

　　小時候玩家家酒，挖一小鏟泥土，舀一杓水，再加兩根酢漿草、數朵小野花，和成一團，就是幻想中的山珍海味。手工製作餅乾的過程就有一點像這樣，帶著遊戲的趣味，因此我總覺得它和悅耳的芭蕾音樂，還有洋溢著童趣的歌曲格外搭配，尤其是柴可夫斯基的《胡桃鉗組曲》以及敘述小飛俠彼得潘事蹟的一些樂曲。

　　烤蘭姆葡萄乾小餅時，我就愛聽這樣的音樂，任憑悠揚的音符飄散在小小的公寓中，悄悄潛入正熾熱烘烤的烤箱中，讓每一片從米白漸漸轉為金黃焦脆的餅乾，都浸潤在單純天真的童話當中。

　　俄羅斯作曲家柴可夫斯基一生孤僻，照理說並不是多麼好相處的人，可他卻寫出了三首甜美好聽的芭蕾音樂，雖然並非其人最偉大的作品，卻是最被大眾接受的樂曲，充滿童心的《胡桃鉗》正是其中一首名曲。我有時忍不住會猜想，這位據說脾氣暴躁的音樂家自己，在譜寫或聆聽《胡桃鉗》時，會不會跟我一樣，不由自主地跌入童年的回憶中呢？

　　我始終厭惡成人世界的爾虞我詐，在疲於應付的時候，會羨慕童話故事裡的彼得潘永遠用不著長大，永遠活在他的Never Land。然而我無法抗拒成長，這世上又沒有夢幻國度，我所能做的也就只有藉著烘焙甜甜的餅乾，來振奮自己，給生活多一點點甜蜜滋味與童真。

　　水瓶座小提琴家胡乃元很早便展露音樂天分，一九八五年以

二十四歲之齡，在比利時的伊麗莎白大賽榮獲首獎。過了十一年，這位少年有成卻一直保持赤子之心的演奏家，灌了一首名叫〈彼得彼得〉的樂曲，歌頌永恆的小飛俠（我覺得彼得潘應該是雙子座，跟胡乃元的水瓶座滿合的），是我在烤小甜餅時最愛聽的小飛俠樂曲。

香甜的餅乾屬於彼得潘，也屬於每一位夢想回到兒時的成年人。

🎼 **音樂菜單**
· 柴可夫斯基《胡桃鉗》組曲：小序曲、進行曲、〈糖李仙子之舞〉、〈花之圓
　舞曲〉
· 彼得潘曲集：〈彼得彼得〉、〈我在飛翔〉、〈不要長大〉

蘭姆葡萄乾小餅

美味
主題曲

✳ 材料 （4人份）

- ·1杯中筋麵粉
- ·1½杯低筋麵粉
- ·1小撮（約¼小匙）鹽
- ·½小匙烘焙用小蘇打
- ·200公克無鹽牛油，置室溫中退冰軟化

- ·1杯細白糖
- ·1顆雞蛋，置室溫中退冰
- ·50公克葡萄乾
- ·5大匙蘭姆酒（Rum）

🍲 作法

1. 葡萄乾加進蘭姆酒中浸30分鐘。

2. 麵粉和鹽混合，過篩，備用。撈出葡萄乾，切碎；酒備用。

3. 已軟化的牛油裝進大碗公或攪拌皿中，用電動打蛋器打，先用中速、再用高速，邊打邊逐次加進白細糖，打至牛油鬆發。

4. 把蛋打進糖油中，略打勻。

5. 麵粉和酒分4次加入大碗，以中速、高速交替打至所有材料混合均勻。注意：麵粉和酒不可一口氣全部倒進去。*

6 加進葡萄乾，用橡皮鏟拌勻，這時的麵糰非常軟。

7 麵糰分成2份，分別用保鮮膜包好，放進冰箱冷藏2小時以上，至麵糰變硬，取出，用手搓成小球，壓扁。

8 烤箱預熱至攝氏190度，在烤盤上鋪鋁箔紙或烘焙專用紙，將壓扁的小麵糰一個個鋪在紙上，其間需有留2公分左右空隙，進烤箱烤15至20分鐘後，取出，放在餅乾架或鍋架上晾涼。

*喜歡的話，也可以把餅乾做得大一點。

和 *Suzanne Vega* 共進早餐

　　朋友的冰箱例常冷藏著一包六個的瑪芬鬆餅（muffins），每天早上，我們誰先起床，就先到廚房裡煮好一壺咖啡，將兩、三個鬆餅放進烤箱中溫熱，然後就著南加州的晨光，閱讀新一期的雜誌，一邊等著另一人下樓，分享鬆餅加美式熱咖啡的簡單早餐。

　　有時，我們會開車到五分鐘車程以外的一家diner，吃有培根、煎蛋的豐盛早點。已近中年的紅髮女侍，長得胖胖的，總是笑咪咪地向我們推薦店家的招牌葡萄乾瑪芬，我們也總是欣然同意，離開餐室的時候還會順手再多帶一包。

　　在美國居住多年的老友，飲食習慣依然偏向東方，愛吃米飯和醬油，午、晚餐必有一頓是東方味，唯獨早餐，卻是十足美式，尤其喜歡瑪芬鬆餅。據她說，這大概是從小早餐就是牛奶、麵包使然，早上她實在吃不慣中式的清粥小菜。

　　美國歌手蘇珊・薇格（Suzanne Vega）清唱的〈湯姆餐室〉（Tom's Diner），經常讓我想起和老友在南加州海邊小鎮餐室一同度過的早餐時光。在這首譜寫於一九八〇年代初的流行歌曲中，蘇珊・薇格用淺白的詞句，白描湯姆餐室的晨間景象。當年不過二十來歲的歌手，坐在餐室的一角，就著早餐讀著當日報紙。她以清朗的聲音清唱道：「我翻開報紙，報上說，有個演員喝酒的時候死了，這人的名字我從來沒聽說過。我接著翻到星座運勢專欄，同時在找漫畫版究竟在哪裡。」

　　在這世上的某個不知名的角落，有些人正逝去，有些人無動於衷地翻著報紙，飲著咖啡。聽起來有點殘酷無情，可是這似乎就是生

命的真相。至少還有像薇格這樣的歌者，覺察到自己對陌生人命運的麻木，而寫下這首樸素動人的歌曲。

〈湯姆餐室〉後來被不少歌手、樂團翻唱，各種不同語言、樂風的版本紛紛出籠，薇格在一九九一年把其中十一首加上自己的原唱版本，收成了一張選輯，名字就叫「湯姆餐室」（Tom's Diner）。而我得承認，最喜歡也最聽不膩的，還是原唱者沒有任何伴奏的原版。

- 「*Tom's Album*」中的〈*Tom's Diner*〉（原唱版）、〈*Dep De Do?* *Dep*〉（德語版）和〈*Jeannie's Diner*〉
- 蘇珊‧薇格的同名專輯「*Suzanne Vega*」中的〈*Small Blue Thing*〉、〈*Some Journey*〉、〈*Marlene on the Wall*〉，還有她最知名的暢銷曲，也就是旋律輕快、歌詞卻令聽者悲傷動容的〈*Luka*〉

香草瑪芬鬆餅

✳ 材料 （可做 12-16 個）

- 2杯中筋麵粉
- ¾-1杯細砂糖
- 2小匙泡打粉
- ½小匙鹽

- 1杯全脂鮮奶
- 1顆雞蛋，打散
- ½小匙香草精
- 60公克融化的牛油

🍲 作法

1. 烤箱設定為攝氏200度，預熱。在攪拌皿中混合前四項乾的材料；
   在另一碗中混合後四項濕的材料，攪打均勻。

2. 將濕料倒進乾料中，攪打均勻，把麵糊倒進瑪芬鬆餅襯了模型紙
   杯的烤模中，倒七分滿即可。

3. 烤模放進預熱好的烤箱中層，烤20分鐘左右，烤成金黃後取出，
   立刻扣出。

變化作法：

瑪芬鬆餅和餅乾是初學烘焙者最不容易失手的西點，上面寫的是基本
款的鬆餅食譜。烤上手以後可以加料試做別的口味，好比圖示的藍莓
瑪芬。

藍莓瑪芬鬆餅作法和基本款相仿，差別在於不加香草精，同時在步驟
2的麵糊打勻後，拌進約¾-1杯分量的藍莓，再倒進紙杯模型中，進
烤箱烤成金黃。另外，蔓越莓、葡萄乾和巧克力碎片也是很好的選
擇。

分類表

前菜

番茄大蒜麵包

番茄辣椒蝦

番茄冷湯

紅酒透抽

西班牙風味秋刀魚

西班牙蔬菜烘蛋

主菜

紅酒燉牛肉

橙汁旗魚排

檸檬蜂蜜鮭魚

香煎鱈魚

香烤肋排

白酒橄欖雞

香草檸檬雞

芒果豬排

勃艮第風味紅酒燉雞

香料牛排

啤酒牛肉

配菜

焗薯泥包心菜

香蒜薯泥

* 甜點 *

草莓優酪凍

蘭姆葡萄乾小餅

香草瑪芬鬆餅與變化

* 簡餐 *

義式涼麵

快速版海鮮義大利麵

酥皮披薩

麵包沙拉

* 基本醬汁和醬料 *

義式番茄醬汁

酸甜果香橄欖油沙拉醬汁

蒜香橄欖油汁

柳橙優格醬

柳橙橄欖沙拉醬汁

咖啡醃肉醬與烤肉醬

基本款義大利麵

季節蔬菜高湯

好吃 × 好聽的
MIX & MATCH ！

一個人的假日早午餐

- 義式涼麵 ＋James Galway 演奏的長笛音樂
- 酥皮披薩 ＋Weather Report 樂團的融合爵士樂
- 麵包沙拉 ＋ 女歌手唱 Leonard Cohen 的歌
- 快速版海鮮義大利麵 ＋ 小提琴家帕爾曼與鋼琴家彼得生合作的專輯「Side by Side」
- 瑪芬鬆餅 ＋ Suzanne Vega 的歌
- 蒜辣義大利麵 ＋ Ella Fitzgerald 和 Louis Armstrong 合作的歌曲

兩個人的浪漫晚餐

＊前菜：無國界柳橙優格醬沙拉 ＋ 和風般的 Madredeus 合唱團音樂
　主菜：芒果豬排 ＋ 熱情的雷鬼音樂（在印度，芒果是愛情之果）
　甜點：草莓優酪凍 ＋ 孟德爾頌和諧的〈仲夏夜之夢〉（草莓切對半不正像一顆紅心嗎？）

＊前菜：番茄辣椒蝦 ＋ 為人世熱情謳歌的波伽利
　主菜：勃艮第風味紅酒燉雞 ＋ 令人醺然的法語情歌香頌
　甜點：香濃的咖啡佐一兩片蘭姆葡萄乾小餅 ＋ 瑪蓮·黛德麗唱的歌

＊前菜：西班牙風味秋刀魚 ＋Dizzy Gillespie 的拉丁爵士樂
　主菜：白酒橄欖雞 ＋Chet Baker 唱或演奏的爵士樂抒情曲
　甜點：加或不加牛奶的森林紅茶（台茶十八號），繼續聽 Chet Baker

多人的小型家宴

＊古典風情

　開胃菜：蔬菜高湯為底的什錦蕈菇湯＋貝多芬第六號交響樂曲或布拉姆斯富田園氣息的
　　　　　一、二號小夜曲

　第一道主菜：番茄大蒜麵包＋比才歌劇《卡門》的〈西班牙舞曲〉，或番茄醬汁義大利
　　　　　麵＋帕華洛帝唱的歌劇詠嘆調

　第二道主菜：香烤肋排＋馬友友參與演奏的〈Appalachia Waltz〉，或紅酒燉牛肉＋布拉
　　　　　姆斯，或檸檬蜂蜜鮭魚排＋葛利格《皮爾金》組曲、《霍爾堡》組曲，或
　　　　　橙汁旗魚排＋貝多芬中期的弦樂四重奏

　甜點：草莓優酪凍＋〈仲夏夜之夢〉

＊爵士調調

　開胃菜：番茄冷湯＋Bossa Nova 音樂

　第一道主菜：蒜辣義大利麵＋Ella Fitzgerald Louis Armstrong 合作的歌曲，或酥皮披薩＋
　　　　　融合爵士樂

　第二道主菜：紅酒透抽＋Sarah Vaughan 晚期唱的歌，或白酒橄欖雞＋Chet Baker，或西
　　　　　班牙風味秋刀魚＋Dizzy Gillespie 的拉丁爵士樂

　甜點：一球香草冰淇淋淋上兩匙的 espresso 咖啡＋瑪蓮・黛德麗或 Billie Holiday

＊流行風尚

　開胃菜：吉康菜佐柳橙橄欖沙拉醬汁＋奧地利「紙月亮」樂團的「The World in Lucy's
　　　　　Eyes」或台灣「靜物樂團」的首張專輯「橘子與蘋果」

　第一道主菜：西班牙式蔬菜烘蛋＋「吉普賽國王精選輯」（Gypsy Kings・Greatest Hits）

　第二道主菜：啤酒牛肉佐香蒜薯泥＋Van Morrison 的歌，或香料牛排佐焗馬鈴薯包心菜
　　　　　＋早期的 Tom Waits，或香草檸檬雞＋賽門與葛芬柯二重唱

　甜點：冰淇淋佐水果沙拉（喜歡吃的水果如甜桃、蜜瓜、葡萄、蘋果等切小塊拌檸檬汁和糖，
　　　　　也可淋上一點點的蘭姆酒）＋你喜歡的甜美音樂

琳瑯滿目的自助式 Tapas 派對

· 番茄大蒜麵包

· 酥皮披薩

· 麵包沙拉

· 紅酒透抽

· 番茄冷湯

· 蔬菜烘蛋

· 香煎鱈魚

· 番茄辣椒蝦

· 咖啡烤肉

· 香烤肋排（切成一根根再烤，以便取食）

· 柳橙優格醬拌海鮮或雞肉

· 果香橄欖油汁或義大利油醋汁拌生菜沙拉

＊建議搭配輕鬆的 Bossa Nova 或熱情的佛朗明哥音樂

好吃 × 好聽的
MIX & MATCH ！

國家圖書館出版品預行編目資料

韓良憶的音樂廚房 / 韓良憶文、攝影;Job
Honig攝影--增訂初版.--臺北市：皇冠文化.
2010.10
面；公分（皇冠叢書；第4037種Party；71）
ISBN 978-957-33-2718-9 （平裝）

855   99017994

皇冠叢書第4037種
PARTY 71

韓良憶的音樂廚房

作　　者—韓良憶◎文、攝影　Job Honig◎攝影
發 行 人—平雲
出版發行—皇冠文化出版有限公司
　　　　　台北市敦化北路120巷50號
　　　　　電話◎02-2716-8888
　　　　　郵撥帳號◎15261516號
　　　　　皇冠出版社(香港)有限公司
　　　　　香港上環文咸東街50號寶桓商業中心
　　　　　23號2301-3室
　　　　　電話◎2529-1778　傳真◎2527-0904
出版統籌—盧春旭
責任編輯—許婷婷
美術設計—程郁婷
行銷企劃—李嘉琪
印　　務—林佳燕
校　　對—余素維‧洪正鳳‧許婷婷
著作完成日期—1997年11月
美味增訂初版一刷日期—2010年10月

法律顧問—王惠光律師
有著作權‧翻印必究
如有破損或裝訂錯誤，請寄回本社更換
讀者服務傳真專線◎02-27150507
電腦編號◎408071
ISBN◎978-957-33-2718-9
Printed in Taiwan
本書定價◎新台幣300元/港幣100元

● 皇冠讀樂網：www.crown.com.tw
● 皇冠Plurk：www.plurk.com/crownbook
● 皇冠Facebook：www.facebook/crownbook
● 小王子的編輯夢：crownbook.pixnet.net/blog